ISMA OGA ADDUUN

Sheekooyin Gaagaaban

- Gubtaanyo
- Qalin shubato
- Ma Ninkaan Ogaa baa
- Xusuus Mujaahid
- Iyagii bay Is mooday
- Isaga oo gaboobay
- Iyo sheekooyin kale

Xasan Cabdi Madar

Buugaagta kale ee qoraaga
1. Galalaati: Burburkii Jamhuuriyaddii Soomaalida (1960-1991)
2. Letter From a Visionary: Mohamed Ibrahim Egal
3. Duco qabe: Halgankii iyo Siyaasaddii Maxamed Xaaji Ibraahim Cigaal
4. Hiil: Waayaha dadka la haybsooco
5. Barbaarsame: Barbaarinta iyo Toosinta Ubadka
6. Nabaadiino: Suugaanta Soomaalida ee Xuquuqda Aadamiga
7. Riyaaq: Heesaha iyo Ciyaaraha Carruurta (La qoray Axmed Aw Geeddi)
8. Sirta Guurka
9. Jacaylkii Shanta Qaaradood
10. Maad Barane ha U Bogin
11. Ninkii Helaa nasiib Leh
12. Qalbi Lula

Daabacaadda Koowaad 2018

HORDHAC 6

GUBTAANYO 8

IYAGII BAY IS MOODDAY 22

ISAGAABA YAABAY 36

ISAGA OO GABOOBAY!! 40

SHEEKADII DIBIGA IYO DAMEERKA 49

CID UUN BAA INNA TOOSIN 57

XUSUUS MUJAAHID 61

SHEEKAA KA DHALATEE... 66

MA NINKAAN OGAA BAA!! 68

TANNA WAA DHARAAR KALE 77

QOLKA HURDADA 80

HAYAANKII DAWLADNIMO 85

QALIN SHUBATO 117

XOOG LIBAAX IYO XEELAD DACAWO 122

INDHOOLE IYO CURYAAN 126

DHIBBAN IYO DHEGOOLE 128

MEEL MADHAN MUGGEED 132

WAAN SOO QALDAMAY   135

QOFNIMOBAX   144

INTAANU DHIMAN WUU NOOLAA   151

WAAN UGA TOOSAY!   157

KABAHAYGA XIDHO   160

UURKII HOOYADII BUU AMMAAN KU WAAYEY:
DAYMO GAAR AH, GABAYGA 'DHUGUC'.   162

GABAYGA IYO WAQTIGA   168

QOF DHINTAAN WARAYSTAA   180

BUUGGA: THE BEAUTYFUL ONES ARE NOT YET
BORN (1968).   185

XANSHASHAQ: SIDEE DADKU WAX U XADAA?
XASAN C. MADAR   189

HORDHAC

Dhiganahan yar (buuggan) waxa lagu soo ururiyey sheekooyin iyo qormooyin curis ah oo inta badan ka dhashay waayihii xilliyadaa kala duwan ee la qoray taagnaa oo lagu soo gudbiyey mala awaalka qoraha. Qaarkood waa xusuus ka sii nool dhibco maskaxda kaga hadhay buugaag hore aan u akhriyey balse aanan hayn magacoodii ama ciddii qortay oo aan si gaar ah loo tilmaami karin si loo siiyo tixraacii iyo xuquuqdii qoraal ee ay lahaayeen balse waxa la odhan karaa uun waa aqoonta aynu maalmo kala duwan meelo kala gaar ah ka kasbanno ee si aynaan dareensanayn ugu urura kaydka maskaxdeenna taas oo aynu hadba si ogaan ama ogaansho la'aan ah ula soo baxno marka aynu u baahanno ee dhacdo xidhiidh la lihi inna soo marto.

Dhammaantood qoraalladan iyo sheekooyinkan waxa laga soo xushay qoraallo si taxane ah ama mar keliyaale ah ugu soo baxay ama bixi jiray wargeysyo kala duwan muddo ku siman ilaa 1994kii. Qoraallada qaar waxa akhristayaasha lagula wadaagay oo loogu baahiyey degellada internet-ka iyo baraha kale ee bulshada iyaga oo siyaabo kala duwan oo kala xoog badan u saameeyey akhristayaasha marka laga duulo heerarka falceliskii ka soo noqday.

Qoraallada qaar waxa laga soo xushay taxane la odhan jiray BOG KA MID AH BUUGGA MADAXWEYNAHA oo si joogto ah ugu soo bixi jiray wargeyska Jamhuuriya.
Waxa aan quuddaraynayaa in qormooyinkan ama sheekooyinkani akhristaha wax ku soo kordhiyaan, ama u gufeeyaan foogge ka bannaan, ama u noqdaan

aqoon korodhsi ama madadaalo. Kaasi waa falcelis ka
iman doonaa akhristaha, waxase keliya oo aan isku
deyey inaan ka warceliyo talooyin igu soo noqnoqday
oo in badan iiga yimid akhristayaal aan la kulmay ama
aannu kuwa xidhiidhnay isgaadhsiinta casriga ah ee
maanta dunida fududaysay, kuwaas oo ahaa inaan
qoraalladan ku soo ururiyo buug yare si uu dhalliyarta
iyo waayeelka wax qora ugu noqdo kaaliye ka caawiya
nudo ka mid ah hab-qoraalka, una jecleysiiyo akhriska.

Xasan Cabdi Madar

GUBTAANYO

Markii uu yaraa waxa lagu cabsiin jiray **caws –iyo- biyo ku nool, iyo faruuryo- geeda-laac** baa ku cuni, maantase waxa lagu cabsiiyaa Boolis baan kuugu yeedhi, 911 iyo 112 baan garaaci haddaad guriga ka bixi weydo. Wuu ogyahay in hanjabaaddaa lagaga dhabayn karo oo hadal kama soo celiyee irridda ayuu ka boodaa.

Waa' dambe oo garaad u kordhay buu ogaaday in **caws-iyo-biyo ku nool iyo faruuryo- geeda-laac** yihiin geela iyo lo'da oo aanay waxba cunin oo ay cabsidii ka ba'day. Tolow goormaa cabsida Boolisku ka bi'i doontaa? Ma u kordhi doonaa garaad ah inaan Booliska laga cabsan?

Berigaa ilme yar buu ahaa, maantase waa gadh-madoobe weliba cirradii ku soo dhigayso.

Helisinki…dhegihiisu waxay jeclaayeen maqalka magaca Helisinki…Finland..Yurub… Waa halkii ay joogtay gabadhii ay dalkii isku barteen ee uu sugayey inay mar uun kaxayso. Waxa ku soo noqnoqda ereyadii hadalkeeda ugu dambeeyey markuu gegida diyaaradaha ku sii sagootiyey, " Fiise ayaan kuu soo saari, waan ku dhoofin, halkaas baynu wada degi…"
Wuxu sii arkayaa gacan-haadiskii, muusoodkii iyo ereyadii macaanaa, kalgacalka lahaa ee la isku sii sagootiyey iyo sidii aanu uga dhaqaaqin goobtii uu taagnaa gegida diyaaradaha ilaa ay indhihiisa ka libidhay oo guuxeedu go'ay diyaaraddii gacalisadiisu raacday.

Intii aanu dhoofin, markay gabadhu dalka soo booqato isagaa u libaax ahaa oo horboodi jiray. Ereygiisu wuu caddaa. Wuxu ahaa nin ragannimo badani ka muuqato.

Farxad ka weyni ma ay jirin markuu Helisinki yimid. Xagaa iyo Jiilaalba way ugu soo galeen. Qabow iyo kuleylba wuu ku soo xamilay, qurux iyo muuqaal degaan wuu ka bogtay, in badan baanu sawirro uu daaraha dhaadheer hortooda ku galay dalkii u diray taasoo dhallinyartii dalka joogtay markay daawadeen u soo hanqal taageen sidii oo ay yihiin daaro saaxiibkood leeyahay.

Gabadhu way shaqaysaa, carruurtana way korisaa, isaguse dheef iyo dhaqaale midna qoyska kuma soo kordhiyo. Intii ragannimadii uu la yimid ku sii xoogganayd hadalka gabadha dheg uma uu dhigi jirin, iyana wax badan bay xeerin jirtay oo iskaga adkaysan jirtay waxtar la'aantiisa iyo duruufaha adag ee keligeed ku soo fakaday.

Maalmihii way is gureen. Macaankii iyo xiisihii kalgacal ee loo qabay in badan buu haakah! yidhi balse kalgacalkii la isku hayey wuu isa sii dhimay maalinba maalintii ka dambaysay. Waxa la isku haystaa uma baahna in la sheego, laga geyoon maayo, lagana garaabi maayo. Si dhaqaaluhu u kordho waa inay isaga iyo gabadhu kala noolaadaan oo ay laamaha dawladda ee dhaqaalaha kooban laga helo u sheegaan in ay is fureen (oo aan run ahayn). Degelkan la joogo la iskulama yaabo dhaqankaa oo waxa loo arkaa in dan iyo duruufi keento, inta ku dhaqanta ayaa ka badan inta aan ku dhaqmin.

Mid walba waxa sugaya reerkoodii inuu lacag u diro, xigtadiina qaar soo kaxeeyo. Danihii way iska hor yimaadeen, duntiina way xidhmi wayday.

Markan dan baa u run sheegtay oo Ilmaha inuu hayo wuu oggolyahay, inuu kaadida ka hagaajiyo wuu oggolyahay, cuntada inuu kariyo wuu oggolyahay, dharka inuu maydho wuu oggolyahay, intuba waa dhaqan aanu ku soo barbaarin oo ku adag, waase dani badday. Haddana hawshaa uma hagar baxee sidii kuray yar oo dugsi waxbarasho ka saaqiday ayuu noqday googoys maalinba marmarsiiyo horleh keena.

Gabadhu gabadhii ma aha oo iyada qudheedu way is beddeshay. Shaki badan baa ku beermay. Ninkuba in aanu ninkii ay ogayd ahayn bay dareemaysaa. Gees wiyileed bay yeelatay. Xil iyo hawlo badan in uu gabay bay arkaysaa. Qayilaad iyo fadhi ku dirir buu ka dhammaan la'yahay. Wixii ay kaga haybadaysan lahayd bay ka wayday. Inay iska celiso oo sida dumarka kaleba xakamaha ku giijiso ayey go'aansaday. Cabsi ay ka qabtaa ma jirto oo sharciga dalkan ayaa mar walba iyada u hiilinaya.

Isagu wax uu bi'yey buu garan la'yahay. Inuu xilkiisii daryeelka qoyska iyo hanashada nolosha gabay ma dhaaddana. Gurigii in uu goob colaadeed isku beddelay wuu arkaa. Ma oggola gar-qaadasho, ma dareensana gardarrada intiisa, kamana garaabi karo gefka. Isdifaac iyo sutida u qabo ayuu intii hore ku jiray, ugu dambaynse wuu soo liicay. Wuu isdhiibay, se looma jixinjixayo. Wuxu xasuustaa maahmaah soomaaliyeed oo ahayd, "Naagi nin ay legeddo kama kacdo". Garta isaga ayaa mar walba isa siiya. Duunka hoose ayuu ka ooyayaa, gabadha ayuu niyadda kala hadlayaa,' *Berigii aan ragannimadayda qabay sidaa kuulama dhaqmi jirin. Haddaan adiga ahaan lahaa sidaa aad iila dhaqmayso kuulama dhaqmeen...'*

Gabadhu sidaa si ka duwan bay dareemaysaa. In aanu dhaqan iyo dhaqaale midna ugu filnayn bay u aragtaa. Taa markhaati ugama baahna oo waa tan barafka culus iyo qabowga daran ilmihii yaraa gaadhi- gacan ku riixaysa, ilmihii roonaana gacanta jiidaysa ee Bas iyo Tareen, dabaq iyo dhul hooseba la gelaysa. Waa tan dugsiga geynaysa aroortii, galabtiina ka keenaysa markay shaqada ka soo rawaxdo ee goobaha caafimaadka iyo meel walba heeganka ula ah. Ma iyadaa nafba ku nool? Hadduu caaqiibo leeyahay ninkani saw carruurta uun kama uu sii reebeen marka ay shaqo tegayso!

Habeen buu ku yidhi niman odayaal ah guriga ii raaca oo igala hadla gabadhii way i soo eryeysaaye. Markay gurigii ku dhow yihiin buu arkay baabuur Boolis ah oo meel guriga u dhow taagan. "Waa taa, Boolis bay u yeedhatay" intuu yidhi buu taw yidhi.

Nimankii odayaasha ahaa telefoon bay gabadhii u direen. Iyadoo hurudda bay ka qabatay. " Walaal Odaygii baanu la soconoo ergo u ahayne…" Iintaan hadalkiiba afkooda ka soo dhammaan bay gabadhii oo ay hurdo ka kiciyeen tidhi, "Walaal muu iska yimaaddo dhibaato ma jirtee?"

Khaakhaayiraadu mid ku badan bay ahayd oo babbiso ayaa loo tumay. Nimankii odayaasha ahaa oo yaabban baa gabadhii raalli geliyey.

Bahdii baa laga saaray. Haddii markuu yaraa la odhan jiray dhiig iyo uus toona ma lihid, allaylehe maanta ayaanu beer iyo wadne, kal iyo laab midna lahayn, xiniinyona daa hadalkood.

Markuu dalkii tago waa la soo dhoweeyaa, waxa loo haystaa nin sare, isaga ayaase iska og waxa uu yahay. Dhibaatada qoyska wuu qarsadaa. Hoosta ayuu ka bukaa, qalbiga iyo calooshu uma fayooba, maskaxda hadalkeed daa. Wuxu ku diimaa saaxiibo yar oo nolosha qoysku u hagaagtay.

Taasi waa gu'yaashii horee maanta arrinku sidaa waa ka duwan yahay. Habeenba qolo ayuu martiyaa. Saaxiibadii uu dalka kaga yimid way ku soo daba jiraan, ragannimo ayey soo bidaan, jannada uu ku jiro ayey soo beegsanayaan, isna wuxu taagan yahay allow yaa ku siiya lacagta tigidhka aad meeshan baas iskaga tagtide.

Waa inuu meesha iskaga tago, ma Yurub baan joogaa buu u dhiman! Oo hadduu dalkii ku laabto miyuu ku nabad gelayaa sow kuwii halkaa joogay ku odhan maayaan waa doqon, wuu shaqaysan waayey, Ilaahay baa halkan ka kaxeeyee maxaa ku soo celiyey...bal waxa qayrkii daaro soo dhisteen eega...waa janno ka bood. Hadday ogaan lahaayeen meeshu sida ay tahay! Allayehe iyagaan arkayn jannada ay ku jiraan.

Wuu iska qayilaa hadduu helo. Markuu waayana makhaayadaha fadhi ku dirirka ayuu fadhiyaa. Inta kalena internetka ayuu baadhbaadhaa. Markuu woxogaa wararka akhriyo si uu muranka saaxiibadii berri iskaga celiyo, wuxu u gudbaa aaladda Fays Buugga (Face book) oo ah meel lagu dhan yahay, run iyo beeniba ka buuxdo, la isku khiyaamo, magacyo been ah la sheegto. Halkaas buu habeen oo dhan dhex dabbaashaa oo wax aan dani ugu jirin ku daalaa.

Wuxu xasuustaa riwaaydii Ibraahin Gadhle (AHN) ee "Ragow aarsi haween u adkaysta markiinna." Tolow riwaayaddaasi ma tafaaful bay ahayd mise ifafaalaha ayaa soo muuqday?

Faysbuuggu waa meelihii laga raacay, meelihii hinaasaha keenay weeye. Wuu nacay beryahan. Wuxu baadhbaadhayaa bogagga kale ee internetka. Ujeeddo kuma socoto baadhistiisu. Kolba bog cusub buu rogayaa, midna ma akhriyayo. Siduu bogba bog ugu dhiibayey baa ishiisu ku dhacday sheekadii Ibraahin Hawd ee, **"Nin Gumoobay"**.

http://www.redseaonline.com/modules.php?name=getcontent&contenttype=news&id=34

 Wuu ku hakaday. Waxa soo jiitay ciwaanka. Tolow ninkaa gumoobay muxuu ahaa? Miyaad ka war doontidba! Wuxu isha ku dhuftay bilowga hore ee sheekada, *"juunjuun......Juun, juun, juun. Qofka bisha juun Iswiidhan soo galaa wuxuu moodayaa janno.*

Kaymuhu cagaaranaa! Dhirtu dhaadheeraa oo qurxoonaa! Dhulku doog iyo ubax badanaa! Maxaa balli iyo haro galac leh! Maxaa tog iyo webi meel walba qulqulaya! Magaaladu nadiifsanaa oo degganaa..."
Aad buu u xiiseeyey. Laakiin qoraagu Iswiidhen buu ka sheekaynayaaye sowdiga adigu Finland jooga.. maya...Yurub waa isku mid iyo dunida reer galbeedkuba.
Waxa maskaxdiisa ku soo noqnoqonaya ereyadii u dambeeyey ee afka afadiisa ka soo baxa, ' Anaa *ku soo dhoofiyee haddaan kugu celin waayo....iska bixi lacagtii aan kugu soo dhoofiyey haddii kale...*' Wuxu arkayaa aqalkiisii diirranaa iyo ooridiisii ay is dugsan jireen oo uu caawa cidlo ka joogo. Oo aqalka ma isagaa lahaa gabadhaa lahayde..ma isagaa bil keliya kirada bixiyey! Wuxu arkayaa carruurtiisii oo uu caawa ka maqan yahay oo aanu u tegi karin iyagoo isku magaalo jooga.
Wuxu si aan is ogaansho lahayn u dhex-muquurtay sheekadii. Durba wuxu soo gaadhay gebagebadii sheekada oo ku soo afjarmaysay," *Nin gumoobay oo ka dhashay ummad gumowday. Habar Iswiidhish ah oo albaabka kiisa ku beegan ku jirta ayaa daloolka ka eegtay, waxayna markiiba wacday bilayska iyada oo leh: "Albaabkayga waxaa jiifa neygar sakhraansan ee kaalaya iga kaxeeya'. 'Laakiin ma ahayn neygar sakhraansan. Wuxuu ahaa nin soomaaliyeed oo ahaan jiray geeljir aad isula weyn, mar kalena ahaan jiray xiddigle bilays ah oo naftiisa u hanweyn. Wuxuu ahaa nin gumoobay oo ka mid ah ummad gumowday"*
Alla!! Oo qoraagu isaga ayuu ka sheekaynayaaye! Xaggay isku barteen! Show ninka gumoobayba waa isaga!

Falceliska akhristaha:

1.

Marraa waaxid waxaasaa qoraa ah . Waar malaha kaasi waa rag oo dhan nin aan hoostaa iskula hadlini ma jiree . Waar dumarkii hore reerku markuu dego islaantu odayga intay geed u waabto shaahna ugu geyso ayey awrta furan jirtay aqalkana dhisan jirtay laakiin kuwa hada xooggoodii baa la tusay iyo inaanba kan ninka u ahiba aanu reerka wax tarin waxaan ka ahayn inuu lacag u keeno waa haduuba shaqeeyee iyo intaas yaree sariirta: gablan talo aduunyooy maxay galaba meel joogtay magaaladaadii joog lahaydaa.
-Juxa-

2.

Xiiso badanaa, haddana xanuun kululaa, dareenka kicin ogaa haddana dejin ogaa oo ididiilo abuuri ogaa, waa sheeko aad yaabto oo si farshaxanimo leh loo allifay amaba dhacdo dhacday taabanaysa, marbaan is idhi armuu qoraagu adiga kaa hadlayaa illeen waxanba anigay i khusaysaaye haddana waxaan is idhi maydinkaaba is yaqaana qoraaga,haddana idhi wallee warkaagii la hel, haddana is idhi waar rag badan baa kula jabay ee iska xamil.
Waxaan Ilaahay ka baryayaa inuu soomaalida faraj u furo oo sidan ka saaro iyaguna dhanka Ilaahay u soo noqdaan. Aniga iyo xaaskaygii waa hore ayaanu kala tagnay hadda sheeg sheegi maayo arimahaa laakinse waa lay xumeeyay oo gubtaanyo ayay igu noqotay.
-Nin Xilihii xumeeyey-

3.

Ragow qaadka iska daaya kaasaa bah dilaada ragga ugu horreeya oo markaynu cunno ee murqaano ee buhubuhaa isku soo akhrino ee ilaa labada kasoo

*kacno ee intaynu biyo qabow shagax isku siino illeyn
gami' meyno'e isnidhaahno bal wadaaddii yara
kilinkillee iyadoo runtii kibir hayo oo ka cadheysan
qaadka iyo raggaas aad la soo sheekeysaneysay illeyn
qaadka wey kugu guursataye ayey markey ku dareento
is buufineysaa, muran bay bilaabeysaa adigayna kuu
dan leedahay waadigaa markaa wax walba saxeexay
ee ku saabsanaa dhaqaalaha iyo waxaad is lee dahay
wey jeceshahay habeenba sidaad wax u saxeexayso
waataa fari togdheer kula xushay.*
-Meygaag-

4.
*Xasan C. Madar anigu qoraanimo ayaan ku ogaa
laakiin waxaa ii muuqata in uu ku darsaday
dhaqtarnimo. Dhaqtarku ma aha keliya ka dadka ka
daaweeye cudurrada shaybaaradu soo saaraan ee ay
dhaliyaan fayraska iyo jeermisku. Balse dhaqtarku
waxa kale oo uu darsaa, xalna u raadiyaa
dhibaatooyinka kala duwan ee soo waajaha bulshada
uu ku dhex nool yahay. Sidaa awgeed, Xasan waxa uu
waqti badan u huraa u kuurgelidda mushkiladahaas
iyo xal u heliddooda isaga oo u soo bandhiga si
xirfadleh.   Gubtahanyo waa maqaal taabanaya
nolosha dhabta ah, dad badanina ay iska dhex
arkayaan. Waxaana hubaal ah in rag iyo haween
badani is odhanayaan adiga ayaa laguu jeedaa.
Waxaase iga dardaaran ah " Xasan cid gaar ah uma
jeedo laakiin shaqsigii arintani khusayso oo dhan ayuu
ujeedaa ee wax haku qaato". Raggana si gaar ah
waxaan u odhan lahaa "Qaybo ka mid ah
waajibaadkiina hadii aad gabtaan.... dhinacyada kale
ka kaba, haweenku sida la moodayo aad bay uga
dulqaad badan yihiine".*
-Akariim-

5.
ABWAAN OF THE CENTERY, THAT WAS A TEXTBOOK ARTICAL MR MADAR SHOULD I CRY OR SHOULD I LF?
-Surad-

6.
Salaan ka gadaal qoraaga xassan cabdi madar runtii waxa uu ina daawadsiiyey film dhab ah waana waxyabaha ka socda dunidan aynu ku nool nahay iyo umada soomaliyeed dhexdooda.
Xaqiiqdii ma wacna in la dhaho rag baa dumar xumeyeen iyo dumar baa la xumeyey dunidu walalayaal waa is kabid hadii intii wacnayd Allah SWT uu isku beego yaa kala wadi kara intii xumayd waa waxyabaha mar walba keena iska hor imadaakee,

Isku dhaca qoysaska soomaaliyeedna waxa sabab u ah dhaqamada kala gadisan ee la dhex galay iyo wadamo aan lala diinta ahayn ee aynu ku nool nahay.
Saatir qoysaska soomaalida Allah ha hadeeyo xumuhu ha ina dhaafo, shuushku ha ina waydaarto sidaasaa lagu dhisaa qoys wacanee rag iyo dumarawna walalayaal samir baa qoys lagu wadaa ee aynu ku dadaalno eedayni wax tari maysee carab iyo labadiisa daanba wey is qoonsadaane.
WABILAHI TAWFIIQ
-Marwo-

7.
Iska daaya anigaa gartaye Xasan aniguu i ogyahay waar Xasan goormaad sheekadayda heshay? Si kastaba ha ahaatee nin kastoo akhrista sheekadan ama filimkan ama riwaayaddan ama xogtan dhabtaa ee ka

jirta aqalada soomaaliyeed waxaa xaqiiq ah in haddii
la isku fiirsado aan sidaan reer ku dhisnaanayn
haweenka soomaaliyeed waxaan kula talin lahaa in
mid aqalkeeda waxa ka jira ay adagtahay inaad
ogaato waa mushkilad inay adiga awrka kuu rarto
sidaasaan ku iri waxaasaan ku sameeyey si faan ah
markay aqalkeeda gashana ay ilmada sariirta buuxiso.
-Afrikaan-

HADDAY OGAAN LAHAYD!!!

Aniga oo maraya meel cidlo ah, la shawraya naftayda, xisaabinaya wakhtiga, waayaha ka faaloonaya, ayaan si kedis ah u istaagay. Waxa aan indhaha ku dhuftay warqad meel halkan ah taalla. Gartay inay qof ka dhacday, ka dibna is idhi bal meesha ka qaad, bal in aad cidda ay ku socoto garato si aad ugu gayso. Warqaddii ayaan ku foorarsaday, arkay inaanay gal ku jirin. Waa warqad si farshaxan leh u qoran, midabbo kala geddisan lagu xardhay, ubaxyo ku sawiran yihiin, si heer sarraysa la iskugu dubbariday. Intii aanan akhriyin waxa ku qoran, waxa aan aad ula dhacay muuqaalkeeda guud. Waxa ay indhahaygu jeclaysteen bal in aan si fiican u eego warqaddan iyo waxa ku qoran. Waxa aan la fadhiistay meel lagu nasto si aan warqadda u akhriyo, waxa ay ka hadlaysana u dhuuxo, illayn kuma dhammayn karo taagniye. Waxa aan fadhiistay meel halkeer ah. Waxa aan ku bilaabay bal inaan warqadda ka eego magacyo ama cinwaan bal si ay u fududaato helista ciddii lahayd, kuma arko midnaba.

Kaddib waxa aan toos u bilaabay akhriska warqadda. Cinwaanka xagga sare waxa ku qoran:

HADDAY OGAAN LAHAYD: Dhambaal jacayl. Ku socda tii aan jeclaa, ka socda kii wax jeclaa.

Hoos baan ugu sii degay akhriska warqadda, sidan bay ku bilaabatay:

"Waa dhambaal ka socda qof aan garanayn qofka uu u dirayo, ka loo dirayaana aanu garanayn ka u soo diraya. Garashadu ma aha garasho duleed. Garashada duleed marka ay tahay sida dharaarta ayey isku garanayaan, waa garashada duunka, garashada hoose, garashada quluubta. Warqaddu way ka tegi doontaa ka diraya, waana ay gaadhi doontaa ka loo dirayo, warcelintuse lama hubo in ay ka soo noqon doonto ka loo dirayo. Waa dhambaal innaga nolol horreeyey, innagana nolol dambaynaya. Anigu ma ahi qofkii u horreeyey ee dhambaalkan dira, adiguna ma noqonaysid qofkii u dambeeyey ee loo diro. Si kastaba ha ahaate waa dhambaal geli doona buugga xusuusaha gaarka ah.

Ku bilaabid magaca Eebbe:
Gacaliso,
Haddii farriintani maalin uun ku soo gaadho…!Ogow!!!
…Waan ku jecelahay sababtoo ah kuma garanayo. Waad i necebtahay sababtoo ah ima garanaysid.
Ima garanaysid maxaa yeelay ma doonaysid inaad i garato; kuma garanayo sababtoo ah ma doonayo inaan ku garto. Indhaha ayaan isku soo qabanayaa sababtoo ah ma doonayo in aan xumaantaada arko. Indhaha ayaad isku sii qabanaysaa sababtoo ah ma doonaysid inaad wanaaggayga aragtid. Ma rabo in dhegahaygu maqlaan xumaanta lagaa sheegayo, ma rabtid in dhegahaagu maqlaan wanaagga la iga sheegayo.
Waad i necebtahay sababtoo ah ima taqaanid, ina baran maysid sababtoo ah waad i necebtahay. Sideed u baran kartaa qof aad necebtahay?
Waan ku jecelahay, sababtoo ah kuma aqaan, kuna baran maayo, sababtoo ah waan ku jecelahay. Sidee baan u baran karaa qof aan jecelahay?
Haddaad ogaan lahayd…ogaanba mayside…haddaan ogaan lahaa..ogaanba maayee…waynu isku iman lahayn, iskuba iman maynee; waynu kala maqnaan lahayn, kala maqnaanba maynee!

Warku ha iga tago, hubaal wuu iga tegi, ha ku soo gaadho, hubaal wuu ku soo gaadhi, inuu kaa soo noqonse mooyi.

Warku ha kaa yimaaddo, hubaal kaa iman maayee; ha i soo gaadho, hubaal i soo gaadhi maayee.

Ku raaxayso akhriska dhambaalladayda. Cid kale uga sheekee, ciddaad doonto uga sheekee, ka dhigo maad iyo madadaalo. U qaado inaan indhaha isku soo qabanayo; oo haddaan indhaha isku soo qabto sideen kuu arkayaa? Ujeeddadaydu sow inaan ku arko maaha? Mindhaa adigaa indhaha isku sii hayey oo u qaatay inaan aniguna indhaha isku haysto! Wacnaan lahaydaa inaynu labadeennuba indhaha kala qaadno, inaynu is aragno. Inaynu qalbiga iyo indhaha iska aragno. In quluubteennu wada hadasho oo aynu maskax laabashada ka gudubno. In aynu hal qof isku noqonno. Ma qummana in la qaato go'aan la qoomamayn doono.....go'aanka ha hoggaamiso garasho. In badan baan arkay dad badan oo ifka jooga oo aan weli dhalan. Ma ogi inaad kuwaa ka mid tahay, waxase aan ogahay in aynu laba adduunyo ku kala noolnahay.

Muxuu yidhi Saahid Qamaan? ...*Ninkii aniga iga maarmi kara uma muraad yeesho.* Oo maxaynu gabaygaa uga baahannahay maba kala maarannee? *Haddaan gacal isjceliyo, is afgarasho-waa nahay, adna guri cadaawaad ku gaboobi doontaa, anna geli shisheeyaan ku go'doomi doonaa*!! Tanna ma hees bay ahayd!

Alla ma nin buu ahaa!!...Alla ma gabadh bay ahayd!!! Waa caadadeenna inaynu fursado inna dhaafay u calaacalno.

Gunta iyo gebagebada farriintan oo farriimo kale ku sii xigi doonaan, gacaliso, waxan ku leeyahay: Haddii isaseeg dhaco ducadeennu ha noqoto tii Ismaaciil Cagaf:

'Sed iyo calaf baa sidaa wax yidhee, i seegtaye samo ku noolow'.
Noole kulante.

IYAGII BAY IS MOODDAY

Iyagii bay is moodday….iyagee?...dee iyagii…
Magacu saamayn ma ku leeyahay nolosha qofka?
Muuqaalku saamayn ma ku leeyahay, quruxdu ma ku leedahay?
Barxadda guriga quruxda badan ayey kursi soofe ah isku kala bixisay.Timaheedii dheeraa oo qaawan oo masar goor ugu dambaysay aan la garanayn xagga dambe ayey kursiga uga dhaceen oo dhulkay haranayaan. Maro yar oo sidii garays ah ayaa laabta ilaa bawdada ugu duuban. Bawdyuhu way muuqdaan.Yurubeey lagu eed!
 Meel aan ka durugsanayn dadku wuu qulqulayaa, dhan walba waa loo socdaa. Midabkeedu waa casaan, inay Afrikaan tahay waa la wada ogyahay iyaduse maanta ka hor may ogaan inay dadka dalkan u dhashay ka duwan tahay. Waxa isku qaban waayi jiray midabkeeda casaanka ah iyo sida marka la tilmaamayo loogu sheego inay gabadh madow oo Afrika ka timid tahay.
Sheedda waxay ka arkaysaa dad waaweyn oo lammaanayaal ah iyo qaar carruur yar yar gawaadhi ku riixaya. Carruur kale oo ciyaaraysa ayey sheedda ka arkaysaa. Waa caddaan dhammaantood. Waxa soo maray qoys soomaali ah, nin iyo gabadh xijaaban oo saddex carruur ah wata oo qosolka iyo farxadda ka dhacaya la yaabo.. Way sii eegaysaa ilaa ay ka libdhayaan. Waayaheeda iyo waayahooda ayey is barbar dhigaysaa.

Dhacdooyinka horteeda maraya ee indhaheedu arkayaan waxa ka badan inta maskaxdeeda iyo maankeeda maraya ee sida hillaaca u dhaafaya. Waa dhacdooyin naxdin badan, gocasho iyo xusuus huwan oo dhammaantood u daran. Dhacdooyin qiimo leh bay ahaan lahaayeen haddii maalintoodii la joogo maantase wax laga qaban karo ayaa iska yar oo murugo ay u sii kordhiyaan mooyaane waxba uguma yaallaan.

Qaarado ayey u kala gooshaysaa iyadoo kursigaa ku jiifta. Ilbidhiqsiyo ayey Afrika ku tegaysaa haddana kaga soo noqonaysaa, haddana ku sii noqonaysaa, gaadiidka xusuusta ee xawaaraha badan ayaa u fududeeyey safarkaa degdegga ah.

Fikirkeedii markay timid Yurub sidan buu noqday: *Meeshu waa Yurub, wixii hore waa ka kac, Afrikaa lagaga yimid, xishoodkii Afrikaa lagaga yimid. Noloshayda wixii intan ka horreeyey waa waxba kama jiraan. Oo waa soddon sanee, ma soddonnkaa gu' ee ay jirtay ayaanay waxba ka jirin?. Oo soddonkaa gu' waa khasaare. Haa Yurub baa beenisay. Wax walba waa loo xor, sidii la doonaa loo dhaqmaa, dookhu waa furan yahay, cidna loo joojin maayo. Waa hadba quruxdaadu intay kuu goyso!!*

Xusuustu waxay dib ugu celisay toban gu' ka hor iyo markii ay dalkii joogtay.

Waa tan dhex taagan magaaladii ay ku dhalatay, caasimaddiiJamhuuriyaddii hore ee Soomaaliya iyadoo qoyskoodii joogta oo inkastoo ay aroortii oo dhan iska jiifto oo timaheeda iyo jidhkeeda ka shaqayntooda tahay hawsha ugu badan ee ay qabataa gellinka dambena dugsiga sare fasalka koowaad bay tagtaa. Dheg iyo dhaban inta gabadh lagu tilmaamo way lahayd. Way ogayd inay qurux badan tahay, quruxduse waxay tahay may qeexi karayn. Dadka ayaa u sii rumaynayey oo qof kastaa gaar ahaan wiilasha dhallinyarada ahi waxay ku odhan jireen quruxley. Inay qurux badan tahay in badan bay dhegaheeda ku soo noqnoqdeen. In calafkeedu gacanteeda ku jiro oo quruxdeedu u hayso ayey rumaysnayd. Waxa la yidhi **cadowga ugu weyn ee gabadhu waa inay quruxdeeda aaminto.**

Waxay xasuusatay asxaabtii sharka ee ay raaci jirtay. Asxaabtii laga reebi kari waayey ee waalid iyo walaalba ka quusteen. Muqdishada cusub bay ku kortay oo colaad iyo qaxooti bay la kowsataye tolow Muqdishadii hore hadday soo gaadhi lahayd sidee xaal noqon lahaa?

Aroos iyo xaflad aadku waa halkii sheekadu ka soo bilaabatay. Dugsigii sare lama dhammaysane waa la iskaga tegay oo fasalka labaad (form2) baa lagaga hadhay. Maalin oo dhan afar hablood baa la wada joogaa. Waxa loo xinnaysanayaa xafladda hebel iyo heblaayo ee caawa. Waxa xanta la iskula jiibinayaa tii heblaayo iyo kii hebel ee qurbaha ka yimid halka sheekadoodu marayso. Waxa la daawanayaa sawirro hebello lala galay. Xagaaga iyo waxa lagaga talo gelayo ayaa laga sheekaysanayaa. Xagaagu waa xagaagii Yurub, dalkii xagaa iyo jiilaal lamaba kala yaqaan. Oo xagaagu ma marka roobku da'aa mise waa kulaylaha? Lagama jawaabi karo waxase lagu gartaa inuu yahay xilliga qurbajooggu yimaad.

Sheekadu waa dhoof iyo isdhiib, guri iyo lacag bilaash ah oo la helayo. Hadal hayntu waa heblaayo iyo heblaayo dhoofay sawirradii quruxda badnaa ee ay soo direen. Sida xidhiidh loo abuuraa maanta way fududahay, aaladda internetka ayaa fududaysay isbarashada, wada sheekaysiga iyo is caashaqa dad aan is arag. Waa in si kasta oo lagu dhoofi karo lagu dhoofaa, waa in wax kasta loo huraa.

Xafladihii waxay dhaleen qaab kulan kale. Gurigii heblaayadii dibedda lagaga maqnaa baa wiilashu ku qayilaan. Halkaas baa la isugu yimaad oo habluhuna tagaan baa hadal hayntu noqotay.

Maalintii ugu horraysay ee ay halkaa tagto fajac baa indhuhu soo baxeen. Waxay ahayd inan yar oo damirkeedu noolyahay. Fudayd iyo aqoondarro ayaa wax walba weydaarinayey. Waa markii ugu horraysay ee ay indhaha ku dhufato dumar iyo rag isdhex fadhiya. Dumar bilaa garbasaar ah, bilaa safaleeti ah. Ragga cid kama garanayso habluhuse waa heblaayo iyo heblaayo ay garanayso.

'Naa soo fadhiiso iska dhig garbasaartoo maxaad isla ururinaysaa' baa la yidhi. Waaba laga dhuftay garbasaarkii iyo safaleetigii. Waa la soo gundhiyey. Way isxejisay. Ugu dambayn meel cidhif ah fadhiisatay. Waxay rumaysan wayday indhaheeda. Waa gabdho geed cagaaran afka gelinaya.

Halkaasba jabkeedu kama horrayn. Uunsi, cadar iyo udug jaad walba leh ayaa meesha lagu kankamiyey. Marka habeenkii laga sii rawaxayana urta sigaarka iyo daacada qaadka ayaa isku darsama oo meesha qaab darraanteeda dib ha ugu soo noqon baa ku qabanaysa, lagamase maqnaado ee berriba waa la joogaa.

Hebelkii xariifka ahaa ee qurbaha ka yimidna halkaas baa la iskaga lug daray. Heblaayo iyo heblaayadii kale ee ay saaxiibada ahaayeenba waa tii xagaagii hore la dhoofiyey. Waa tii daawatay sawirradii quruxda badnaa ee ay soo direen. Waa tay u sheegeen inay lacag bilaash ah qaataan. Waan ku dhoofinayaa baa war ay maqasho ay ugu jeclayd. Dhawaaqaas wax walba way u huraysay. Isaguna sidaa wuu u ogaa. Immisuu inan yar sidaa marinka ku seejiyey.

Gabadh qaad cunta aa?.. qayisha, ceeb... Way innaga sasabanayaan, waagii hore ayey odhan jireen habluhu shaaha ma cabbaan. Tii uun bay la mid tahay....waxaaas iyo wax la mid ah baa lagu qanciyey.

Waa la walfay oo rag iyo dumar waa la isku milmay, lamana kala xishoodo. Si ay ku soo dhooftayba soo gaadhay galbeedka Yurub. Waa maalintay ugu farxad badnayd dunida.

Maanta meeshu waa Yurub. Xawaaraha ay ku socoto waxay garan kari wayday inta gu' ee ay Yurub joogtay. Oo ma qaadkii baa Yurubna igaga daba yimid… saaxiibbadii xunxumaa… illayn saaxiibka xumi meelna kaagama hadho haddaad iska reebi waydo…waxay xasuusataa guryihii la fadhiisan jiray…dumar iyo rag isdhex fadhiya oo balwadi isku keentay xaggee lagu arkay adduunka?...la arag..sowtaa la arkay…waxay xasuusataa booskii ay fadhiisan jirtay…
Way qarsataa balwadda. Taaggeeda waxay isleedahay cidi kuma oga, cid walibase way ogtahay. Cidna kama qarsoona, maalin walba waa lagu sheekaystaa, qurux khasaartay baa la yidhaa, immisaa inan rageed oo u hanweynaa dhexda farta ka qaniinay oo quruxdeeda quudhi waayey. Way kala beddeshaa saaxiibbada lab… meel kastoo ay marayso salaantu way ku badan tahay…dadkoo dhan baa wada garanaya… telefoonkeedu ma nasto… guul bay u haysataa mase oga inay guuldarro tii ugu weynayd ku jirto. Haddaad maskaxda isticmaali waydo!!!. Oo miyaanay waalid iyo walaalo lahayn iyo sokeeye kale oo ka naxa. Walaalaheed way ka naxaan. Araggeeda way ka naxaan….ceeb bay dhulka mari laayihiin..In badan bay kor iyo hoos ula hadleen, dhegse way u dhigi wayday, meeshu waa Yurub oo dheg iyo dhafoor kuma dhufan karaane farahay ka qaadeen.
Badowyahow dib haw celin
Dadka soo baraarugay.

Baraaruggee dee….

Waxa buuxa wiilal iyo gabdho badan oo dhaqankooda iyo diintooda ilaashada. Sidoo kale way jiraan hablo iyo wiilal badan oo qaldamaa laakiin ka toobbad keen iyo isdaba qabasho ayaa lagu badbaadaa.. ragga inta baadiyowday tiro ma leh oo cidiba kama naxdo, dumarkase jacayl loo qabo dartii ayaa loogu damqanayaa…Waaba tiiyoo dimuqraadiyad heshay… xor baad tahay, dareenkaaga jinsiga sidaad doonto u gudo, saaxiib yeelo, iska istareex, maxaa kaa galay,..Maya..Maya… iska guurso, carruur dhal,…yaah!!... Nin maxaad uga baahan tahay, carruur maxaad uga baahan tahay, mid iyo laba waad dhali haddaad u baahato…. Waa ceeb,… maxaa ceeb ah? Ma ilbaxnimadaa ceeb ah…meeshii dumarka lagu gumaysanayey. Sheeko…
Xaq baad u leedahay doonistaada, ha ka xishoon, sheego xataa haddaad nin rabto waad ku odhan kartaa waan ku rabaa. Maxaa ku jaban sowka isba kugu yidhaa, miyaan baahidu idinka dhexayn, ma keligii bay gaar u tahay? Berigii hore waxay iska ilaalin jirtay kuwa ay isku waddan ka yimaaddeen, maantase cidna kuma haybadaysato, waa dimuqraadiyad, xor baa la yahay, maxaa dadka iskugu yaal. Nafta waa in la raalli geliyo, waxay rabto in loo diido maaha…
Maxay ka faa'iiday baabuurtii quruxda badnayd ee kolba mid lagu qaadayey, habeen dhaxii iyo dhafarkii,… may ogayn in shilinka lagu sabayo oo wiil rag waxa ay ka helayso, waxa ay ku waayaysaa ka badan yahay. Macaan-jeceshii suntan leeftay bay noqotay. Mar walba ta khasaaraysaa iyaday ahayd.

Saacaddu way isgaraacayaasaa, waa saq dhexe, 24kii (zero hour), guyaashu way is tareen, afartan gu' bay baarka jartay. Waa afartan jir aan is ogayn.

Qorraxdii xagaaga ee kululayd bay indhaha ku kala qaadday. Xusuustii dib uga soo noqotay. Indhaha illintu way ku qallashay oo waxba ka soo daadanwaa. Xagaayadii hore way sii qorshayn jirtay halka ay dalxiis u tegayso, hebellada ay israacayaanna waa la sii ogaa. Xagaagan meelna uma socoto, malaha iyada ayaaba loo soo xagaa tegayaa. Yaa u soo xagaa tegaya? ma bahal dugaaga? yaa dan ka leh.

Cod bay maqlaysaa,waa cod dheer oo dhegaha kaga qaylinaya:

Dhimashadu xabaashiyo
Iil dhexdiisa maaha
Sharafkoo dhantaalmiyo
Dheg xumaanta weeyaan

Waaba gabay, oo waa Hadraawiye…isna xagguu uga yimid? yaa u soo diray? Maxaa ka galay dhimashadeeda, siduu ku ogaaday?

Haddana waa dhawaaq kale. Maanta dhawaaqyadu badanaa:

Ubucdayda wadhaneey,
Adhaxdayda liicdaay,
Arrinkayga laalmow,
Taladaan ilduufaay...
Afarqaadki socodkiyo
Ma eersaday wareeggii

Kanna waa Gaarriye, maxaa daba dhigay nimankan abwaannada ah ee waano iyo talo aan loo diran la daba taagan ismaba yaqaannaane.? Goormaa u dambaysay rikoodh iyo cajalad ay ka dhegaysato gabaygooda iyo codkooda!

Intay soo kacday oo sarejoogga ku diidi gaadhay bay koob biyo ah qudhqudho isku dhaafisay. Waxay is hortaagtay muraayad jooggeeda le'eg oo gidaarka ku teedsan. Intay kor iyo hoos u eegtay isbeddelka ku yimid jidhkeedii cuddoonaa baa dareenkii maskaxdeedu yidhi:

Waaaa aduunyooo
Illayn aayo malehee
Ubaxii baxaayaay
Sowdigan abaarsaday!!

Hadraawi iyo Gaarriye ayey khaati ka joogtee sowkan Cabdi Qays-na ugu biirey. Sidaas baan cabdulle raagena ka fogeyn. Nimanka ma iyadaa loo soo diray, ma gaadh bay ka hayaan, maxay ka dhex qabanayaan maskaxdeeda!

Nidaam qarniyo ka hor la dejiyey oo dadkii lahaa dejisteen bay ku dhex milantay kadibna sida makiinad hadhuudha u shiiday. Iyagii bay ismooddday, kuwii nidaamka lahaa bay ismoodday oo sidoodii u dhaqantay. Goor aan goor ahayn bayse ogaatay inaanay iyaga ahayn. Meel waliba waa waxa aad la tagto. Iyadoon waxba ahayn bay meesha timid. Hadday dalkeedii wax ku tahay, la arkee inay halkanna wax ka ahaato.

Maanta sow maaha? Haa… waxay u baahan tahay ubad, waa sida keliya ee ay ku badbaadi karto, waa sida keliya ee ay farxad ku heli karto. Oo ubadku miyaanay aabbo u baahnayn, sow inay guursataa kama horrayso? immisay diidday wiil dhallinyaro ah oo u soo guur fadhiistay, immisay gaashaanka ku dhufatay oo mid kastaa iin aanu lahayn dusha ka saartay. Immisay balwaddeeda sii macaansatay oo raalligelinta nafteeda iyo nafaha saaxibaddeed u hurtay burburinta aayaheeda. Laakiin calafku waa halkiisa, maantaba way heli kartaa wixii Alle u qoray, kumase qanacsana qaddarka. Oo ma nin baa wax weydiinaya iyadoo sidan u saan-qombobtay, shalay oo ay ifaysay bay is garan waydee. Talo waa mar aad garan weydo iyo mar aad gaadhi weydo. Sow lama oga siday ahayd. Kuwii ay ismooddday mee….ma kuwaasi? Iyaguba isma guursadaan…dhaldhalaalkan adduunyo ee ay dhabta moodday iyagu dawakhaad baabay ka sii qaadaan, noloshaba quus bay ka joogaan. Way isdilaan markay doonaan.

Sabab ay u nooshahay bay garan wayday.

Keli kuma aha dhibka. Rag badan iyo hablo badan baa sideedan haadaanta ka duulay. Maxaase uga shan iyo toban ah. Wanaag lagula wadaago ayaa wax kuu ah oo wanaaggaaga wax ku biiriya, jab lagula wadaagaase waxba kuuma ah oo jabkaaga waxba kama dhimo. Waa la ila qabaa wax ma tarto haddii waxa laga hadlayaa jab iyo hoog yahay. Waxay aragtaa kuwo yaryar oo halkeedii maraya, dawgii luggooyada ku sii socda, aan dheg iyo dhugmo u lahayn waano iyo wax u sheeg kasta oo lagala hortago ilaa ay iyagu ka war keenaan sideeda oo kale.

Bilicdaadan ugub
Dhayladaadan bilan
Bahal qaba hammuun
Ha u soo bandhigin.
Bi'i waa warlaay
Taariikhda bogo
Aniguba basraay
Berigaan yaraa
Waan boodi jiray
Waan badhi caddaa
Dacaw baa i helay

Ma badbaadiyee
Ha u beer nuglaan.

Haddii berigaa hore dacawgu soo doonan jiray hablaha, maanta iyagaa doonanaya. Mise sdiaa maaha?

Yey eersataa? Ma fudaydkii? Ma saaxiibbadii sharka mise quruxdeeda ay aamintay inay wax walba u hayso, quruxdeeda u loogtay cadow oo dhan markay garaad ay ku xakamayso wayday? Quruxdu dambi ma leh, waa deeq Ilaah bixiyo oo ay tahay in loogu mahadnaqo…iyadu waxay eersanaysaa quruxdeeda ay aamintay, se quruxdu dambi ma leh oo waa wax aan qofna ka maqnayn, qeexitaankeeda aan la isku waafaqsanayn. Rag oo dhan bay ka xanaaqdaa, waa kuwii u fududeeyey ee u horseeday dawga sharka, cadow bay u aragtaa wiil rageed oo dhan. Haatan taa laga soo gudubye maxaa u yaal? Waxay foodda siin kari laadahay waayaha adag ee hor yaal.

Si kastaba ha ahaatee fikirkeedu waa inay ilme hesho, ilme ay hooyo u noqoto xataa haddaanay iyadu dhalin. Ilmihii ay dhali lahayd oo hooyo kale dhashay waa inay xeryaha agoomaha ku doonato. Oo tolow diintu maxay ka qabtaa sheegashada ilme aanad dhalin? Ma iyadaa dan ka leh waxa diintu ka qabto. Waxa u daran uun ilme ay weheshato oo dhabta ku haysato, oohintiisa ayey u jeel qabtaa. Inay saxarada iyo kaadida ka hagaajiso ayey u ciil qabtaa. Awal hore waabay ka khashaafi jirtay.
Waxay ogaatay intii hore inaanay caqli lahayn. Caqligii ay lumisay markay halkan timid baa dib ugu soo noqday. Maantase caqligaasi wixii uu u daweyn lahaa ma daweynayo. Markaan taag hayey talo ma hayn, maanta oon talo hayana taag ma hayo!!!…

Acuudu Bil… way illowday sidii shaydaanka la iskaga naarayey. Goormaa ugu dambaysay shaydaan ay iska naarto? Markay iska naari wayday buu iyadii naaray. Acuudu Billaah…haa sidaas bay ahayd, way dhodhowdahay.

Waxay laacday Albam sawirradeeda ay ku kaydiso oo u dhowaa. Way baadhbaadhay. Waxay ka weyday sawir keliya oo aan timaheedu qaawanayn, sawir keliya oo asturan bay ka wayday. Sawirradii ay quruxda u arkaysay maanta foolxumo ayey u aragtaa. Way ka yalaalugoonaysaa. Waa inay gubtaa. Kee baad ka reebtaa bay isweydiisay. Ma wax isdhaamaa maxay kala reebi. Waxay xasuusatay sawir yar oo meel cidhif ah ay sii jeed ugu qarisay si aanay dadka Albamka daawanayaa u arag. Sawirkii bay soo dhufatay. Waa sawir waayo waayo ah. Waxay ku labbisantahay toob adag oo ilaa cidhbaha jooga, gacmahana ilaa curcurrada gaadha. Cagaha shiraabaaddo ayey ku xidhan tahay. Hagoog bay jiq ku tahay shalmad weyn. Sawirkii bay daawasho ugu dhaqaaqday, Albamkii oo sidiisii kale iskugu dhanna shooladda ayey ku tuurtay. Sawirkii bay mar kale indhaha ku dul illowday. Qurux weynaa!! Illin kulul baa shax ka soo tidhi. **Cadowga ugu weyn ee gabadhu waa marka ay quruxeeda aaminto.**, Gabadhani gabadh gaar ah maaha, waa gabadh kasta oo soomaaliyeed, sheekaduna waa digniin ku socota gabdhaha soomaalida ah ee halista ugu jira bahalnimada ragga. Gabadh kastaa way wanaagsan tahay hadday ka badbaaddo dugaagnimada ragga.

FALCELISKA AKHRISTAHA

1.

Waxaan hadda dhameeyey akhriska qoraalkaagii. Waxaan ahay nin afartan jir, qurbaha joogay ugu dhowaan 20 sano, mar guursaday, noloshu siyaabo kala duwan u qaabishay, maalmo duruufo adag bay lahayd, maalmo badhaadhe bay ahayd, maalmona iimaba tirsanayn. In kasta oo dulucda dhambaalku ka warramayo dhibaatada ku dhacda hablaha Soomaaliyeed ee qurbaha u soo boqoola haddana si dadban waa loogu dabikhi karaa ragga laftigiisa. Isku soo duuboo waan iska dhex arkay qoraalkaaga, hablo badan oo aan garanayo, oo ku jira dhab ahaan sidaa aad wax u farshaxamaysana waan garanayaa. Waxaan u bogay sida qotoda dheer ee aad u saaftay taariikh nololeedka gabadh Soomaaliyeed dabadeedna aad ugu bidhaamisay akhristaha ahmiyadda guud ee dhibaatada noocan ahi ku leedahay qurbo joogta Soomaaliyeed.

Ugu danbayn, waan kaaga mahadcelinayaa sida tifafka tiran ee aad u baxarasaaftay arrintan, eed weliba ugu lafo gurtay afkeena hooyo.

Ali M. A

2.

Sir, Xasan Cabdi Madar, marka hore aad iyo aad ayaan kuu salamayaa macallin, intaas kadib, waxaan akhriyey khamiistii maqaal ama qoraal ku soo baxay Hadhwanaagnews iyo dhowr meelood oo kale sida Oodweyne, runtii aad iyo aad ayaan ugu farxay qoraalkaas oo ka turjumaya waaqica jira, digniin iyo waayo aragnimona u leh dhilinta yaryar ee ah hablaha, ragga laftoodana u diidaya inay ku dhiiradaan dhibta iyo xumaynta hablaha.

Sidaas awgeed waxaan kugu leeyahay JAZAA'AKKA-Allahu khayr,waxaanan kaa codsanayaa inaad noo soo wado qoraalada noocan oo kale ah si dhalintu ugu wayo aragto, aqoonta ku dheehana aanu uga faa'iidaysano

.

Mahadsanid
Abdiladif.

3.

HelloXassan,

Haddii aan addresskaaga saxay waxaan hubaa inay fariintaydu ku soo gaadhidoonto. Waxaan kuugu soo qoray fariintan oo ah tii ugu horaysay ee aan weligay kuu soo diro inaan kuu sheego sida aan u jecelahay qoraaladaada. Waxaan akhriyay laba Buug oo aad qortay waa Nabaadiino Iyo Barbaarsame, labadaba si heer sare ah baad u qortay, waxaa soo raaca maqaalo farabadan oo aan website-yada ku arko, waxaana ugu danbeeyey kan aan maanta akhriyay halkaas oo aan ka arkay Email Addreskaaga. Si kastaba ha ahaatee Xassan aad baan kuu taageeraa, waxaanan jecelahay inaan sidaada qoraa noqdo oo Bulshada wax usheego.
Xassan waxaan kaa codsanayaa inaad ii sheegto meelaha aan ka heli karo maqaaladaa si aan u akhristo, iyo weliba buugaag aad qortay oo aan labadaa aan ko rku soo sheegay haddii ay jiraan.
Mohamed Abdilahi.

4.

Aad baan u akhriyay oo ku noqnoqday sheekadan. Waxaan kusoo gababagabeeyay in sheekadani xambaarsan tahay fikrad balaadhan oo digniin u ah hablaha Soomaaliyeed ee waddankii jooga iyo kuwa qurbahaba. Runtii markaan akhriyayay sheekadan waxaa la moodayay in aan sawiranayo arrinta ay ka hadlayso.. Waxaan ku rajo waynahay in hablo badan oo dhexda sii socdana in ay dib u soo celiso, kuwa warmoog ahaana ay baraarujin doonto. Anigu isu dheelitirnaan la'aan kama dareemayo sheekada haba yaraatee.

Abdi Ibrahim

ISAGAABA YAABAY

Siduu u joogay uun buu mar is yidhi miyaad dalkiiba tagtid? Immisa gu' buu meesha joogay? Su'âaashaa maanta ka horba isma uu weydiin. Yaraan buu dalkii ka yimid oo qurbaha ku soo galay. Intii uu joogay qaadkii ma yimid iyo halkaynu fadhiisannaaba sheekadiisu ma dhaafin. Weliba isaga qaadka waa loo weheliyey. Weligii ma u shaqaysan, tigidhka Baska iyo Tareenkana maalin kasta wuu ammaanaysan jiray.

Socdaal baabu u xidhxidhay . Waa isaga iyo hebello kale oo sidaa ay isla garteen. Dalkii baa jaad macaani yaalle aynu xagaagan ku soo qayilno warkoodu ma dhaafsanayn.

Markuu dalkii tegay soo dhoweyn la yaab leh oo aanu filanayn baa lagala horyimid. Qol gaar ah baa gurigii laga dejiyey.. booqashada ayaa ku badatay hablo iyo innamoba. Inanka yurub ka yimid baa dhegihisa ku soo duusha. Habeen walba waa la casuumaa, maalin walba qolo gaar ah baa qado gaysa. Gaadhi baa lagu qaadaa. Inuu lugeeyo looma oggola. Wuu yaaban yahay, isagu wuu is garanayaa, wuxuse la yaaban yahay dadkan aan garanayn. Waxa la yidhi wiilka yurub ka yimid gabadh ha loo dhiso, hablihii baaba u soo kala dheereeyey. Wuu is ogaa inaanu qof jira ahayn. Guur iyo guri-dhis weligiiba kuma fikirin. Wuxu la yaaban yahay dadkan isagii dad mooday. Meel ay wax ka si yihiin buu garan waayey. Wuu ogyahay inaanu gabadh uu guursado dhaqayn. Wuu ogyahay inuu laba bilood kadib halkii uu ka yimid dib ugu noqon doono, gabadh u mehersanna xasuusan doonin. Laakiin waa wiil Yurub ka yimid oo waa in wax kasta loo huraa. Way nasiib badan tahay baa la leeyahay inanta heshaa. Tolow ma isagaa nasiib badan mise iyada, mise labadoodaba, mise midkoodna? Yaa og!!!

Waa kanoo inantii hablaha ugu dheg iyo dhaban roonayd baa meher gaw loogu siiyey. Inantii heshay waa loo hambalyeeyay, iyana way ku faraxsan tahay wiilkan ay heshay. In ay nasiib badantahay baa loo arkaa, iyana isku aragtaa. Adduun kala warla'.

Fasaxii ka dhammaa, degdeg baanu ugu laabtay dalkii uu ka yimid. Isaga oo faraxsan buu mafrashkii qayilaadda ugu tegay asxaabtiisii. Waa lagu hambalyeeyey guusha uu kala yimid dalkii. Waraysi baa lagu bilaabay. Wuxu ka warramay sida diirran ee loo soo dhoweeyey, inuu casuumadba ka bixi waayey, bahalkii qaadka ahaana ka soo haqab beelay iyo inuu soo guursaday gabadh. Wuxu ka warramay hebello mafrashkooda ka tirsanaa oo dalkii xilal sare ka haya.

War laga waa', wiilkii, soo hadli waa, inantiina qarracantay. Farxaddii waxay isku bed deshay murugo. Inay dhoofto maahee taloba teedii maaha. Isaga oo kale iyo inta lagu sirmo adduunka waa ku badan yihiin. Sheekadiisu soo dhoweyn iyo inan la siiyey uun bay ku egtahee, waaba la ladan yahay haddaan wasiir laga dhigin. Isagaan doonane mindhaa waaba laga dhigi lahaa. Oo maxaa looga dhigi waayey ma wax fog baa sow dibedda kamuu iman? Dhowr oday oo uu qayilsiiyo iyo wiilal afmiishaarro ah uun baa ka xiga oo ammaantiisa geed walba dhigee? Haddii wasiir loo waayo ma agaasimaa loo waayayaa? Oo taasi ma layaab bay leedahay sow kuwan kuwii la mafrashka ahaa wasiirrada ah?

Wiilku isaga oo hagaagsan buu waagii hore dalka ka dhoofay. Markuu soo noqday inuu hagaagsan yahay baa loo haystay. Waa la kala war laayahay. Haddii warkiisa la hayo waa loo gurman lahaa. Nin badbaado u baahan baa wax la bidayaa. Waa la badbaadin lahaa. Waa la seexin lahaa, la nasin lahaa, caloosha la socodsiin lahaa oo caano geel iyo maraq la iskugu dari lahaa. Markuu ladnaado ayaa hawlihiisa kale la geli lahaa.

Xagaaga danbe waxa la filayaa inay yimaaddaan qaar badan oo ka mid ah kuwii ay isku mafrashka ahaayeen ee uu uga sheekeeyey sida wacan ee loo soo dhoweeyey. Waxay filayaan in sidiisa oo kale loo soo dhoweeyo. Waa hubaal in la soo dhoweyn oo la buunbuunin, waa hubaal in wax weyn loo haysto. Shaki ma leh inay hablo ka soo guursan doonaan. Sidoo kale waa hubaal inaanay waxba ku biirin doonin dadkaa ay u tegayaan. Marka ay dib u noqdaanna sidiisa oo kale ayaa war laga waayi doonaa, waxase ka daran kuwa mar walba dalka loogu yimaad ee xaalkoodu yahay 'Adhi daasad kama ilbaxo'

FALCELISKA AKHRISTAHA

1.

Cajiib!! Maxaan garanayaa xaalad dhaba oo sidaa u dhacday, iyo inta inan yar oo dheg lahayd ku qadar- jabtay hodadaamadaas. Waa masiibo qaran. Maalin baa nin wasiira oo kuwaa ka midi xafiiska noogu yimi. Wuxuu ogaa in gabadha haysata oo Ingiriis ah ay magaalo ka wada yimaadeen, laakiin hore isumay arag. Wuxuu dalbaday inuu arko. Gabadhii markaanu

ku nidhi Wasiir baa ku doonaya, way la waynaatay, xafiiskiibay kala hagaajisay, si weyn bay ugu diyaar garawday. Hadduu soo galayba, wuxuu ku booday gabadhii oo dhunkasho kala daalay, ugana sheekeeyey inuu joogi jiray magaalada ay u dhalatay. Cabaar markii uu meeshii ka qosqoslayay, ujeedo aan buurnayna u sheegtay, ayuu tegay. Markuu sidaa u baxay bay nagu tidhi Wasiirku miyuu yara waalan yahay, wuxuu u dhaqmayaa sidii qof ciyaal suuq ah oo kale. Mase oga inuu sidaas yahay. Waa iska masiibo qaran. Laakiin maye dadkii waxaa bedeli lahaa? Goormay dhalanayaan? Mise in hadiyad loogu keeno ayay sugayaan?
A. Cali
2.
Waa qormo xaqiiq ah, oo maanta boqolaal tusaale oo madax taabasho ah oo weliba hebel iyo ina hebel ah loo heli karo. Dhibaatada dadkaasi wadanka ku hayaan ayaa iyaduna ka sii daran ee ay ka mid tahay: in ay hablihii wadanka ay saaqidiyaan oo hiyi kiciyaan oo Yurub-taa uy iyaguba gidaarada ka fadhiyaan ay hablaha ku shukaansadaan oo dabadeedna ay cidlo kaga dhaqaaqaan.
Mustafe.

ISAGA OO GABOOBAY!!

Tareenkii buu halhaleel ku soo fuulay. Isaga oo kolba tiir cuskanaya ayuu salka la tiigsaday kursigii ugu dhowaa. Warfaa culays aanu qaadi karayn baa saaran, koodh culus, funaanad ka hoosaysa, koofiyad iyo gacmo gashi ayuu ku hilan yahay. Xilliga jiilaalka ah dalalkan yurub wax ka qabow badan. Gacmuhu way gariirayaan, lugahana wuu qaadi kari laayahay. Wuu garan laayahay goor cimrigiisu intan gaadhay, goor uu sidan u gaboobay. Isaga oo xooggan oo xawli ku socda uun buu garanayaa. Haddii uu dib u eego gugii dhalashadiisa todobaatankii buu baarka jaray. Waxa uu xasuustaa noloshii macaanayd ee ay soo wada mareen isaga iyo, ooridiisii suubbanayd intii ay ifka nolol wadaag ku ahaayeen.

Adduunyo!! Muxuu maalmo macaan soo maray! Intii uu dalkiisa joogay wuu tirsanaa, dadkiisa ayuu u tirsanaa, qaddarintiisana wuu ku lahaa. Maalintii uu dibed iyo qurbe soo galay farxad uga weyni ma ay jirin. Soddon jir xooggan oo xarrago badan buu ahaa. Waxa uu ku indho qabowsan jiray xaas iyo saddex carruur ah oo lix jir ugu weyn yahay.

Hankiisa iyo hammigiisuba waa uu fogaa. Inuu dalkiisa wax u soo barto, u soo shaqaysto oo waxtaro ayuu ahaa. Wuu kaga dhabeeyey doonistiisii. Inuu dego ama ku sii raago qurbaha qorshihiisa ma ahayn. Markii guyaashu la sii durkeen waxa uu go'aansaday inuu carruurtiisa yaryar iyo xaaska qurbaha u soo raro si ay meel u wada ahaadaan. Meel la soo wada deg oo la is-weheshay. Sidaa ay tahay marnaba maankiisa kama madhnayn in uu maalin uun dalkiisa u guuro. Horto carruurtu waxbarashada ha dhammaystaan waad guuri doontaaye, jaamacado ha ka baxaan ilaa ka ugu yari.... Maalinba maalin bay u sii dhiibtay.

Fari togdheer bay kula xushaa baa xaalkii noqday. Soddon iyo shantaa gu' ee uu dibedda degganaa wuu xiiqsanaa, muu dareemayn maalmaha sida hillaaca ku maraya, saacado uu shaqo ku sii jarmaadayo, shaqaynayo, ka soo socdo iyo saacado uu daallan yahay baa waqtigiisii noqday. Dhaqaale iyo kaydsi way kala tageen oo telefoonnada xoolo doonka ah ee sokeeyihii dalka ka soo dhacayaa waxa ay u oggolaan waayeen wax kayd ah oo xisaabtiisa ku hakada. Haddii ay ogaan lahaayeen tacabka iyo rafaadka uu ku soo saaro dhaqaalaha yar ee uu helo!! Nin dhergay oo ku wadhwadhay baa loo haystaa.

Mar haddii noloshiisu iska deggan tahay, carruurtuna wax u baranayso muxuu ku fali wax dhigasho, ma sokeeyihiisa oo baahan buu ka adkaysan karaa? Sidaas buu nafta ku seexiyaa.

Farxaddii way isa sii dhimaysay gu'ba gugii ka dambeeyey. Waayuhu u daranaa. Waxa uu noqday nin aan cidba u tirsanayn. Sidaas ayaabu dad ugu roonaa oo waxa uu ahaa nin xoogsadu.... cid talo weydiisa waa' ugu dambaysay lama yaqaan. Ummad aanu u tirsanayn buu dhalasho aan sax ahayn la wadaagaa. Waa duul bilaa abtirsiin ah, odayga saddexaadba lama dhaafo.

Waxa Tareenka ay ku kulmeen odaygii Raage oo isagu waddo kale oo nolosha ah qaaday. Raage inkasta oo ay isku magaalo deggan yihiin haddana goor iskugu dambaysay lama yaqaan. Iswaraysi daaye laba erey ka badan la isma dhaafsan. Noloshan baa sidaa u qaabaysan oo qofba tiisaa cuslaysay. Kulanka Raage waxa uu xasuusiyey rag badan oo ay isku fac ahaayeen waa' hore burbur qoys iyo balanbal ku dhacay oo Tareenka nolosha ka daatay. Waxa uu xasuusiyey hablihii ay isku kacaanka ahaayeen oo iyana waa' hore dabayl raacay. Cidiba kama noola cidihii uu garanayey, tafiirtoodiina waxa ay la falgaleen ummado kale oo waxba soomaalinnimo uguma filna.

Warfaa intaa waddooyin tiro badan oo isku meel gaynaya buu kala dooranayey. Waa waddooyin inkasta oo ay kala qodxo badan yihiin inta jidka lagu jiro haddana meel isku mid ah ku gebegeboobaya oo way isku soo dhacaan. Jidka aad raacdaaba ka kale waa la mid.

Maanta oo uu gaboobay kabtiis ma yeella. Weli nolosha waa uu jecel yahay, wuu sii jeclaanayaa marba marka ka dambaysa, gabowgu wuu sii jeclaysiinayaa nolosha, geerida wuu ka baqayaa, wax badan uma uu sii diyaarsan, imikana awood badan malaha, welina uma diyaarsana. Degaankan uu joogo ayaan uba saamaxayn.

Soomaalidu aad bay u degtay dalkan iyo dalalkan kale ee reer galbeedka oo dhan. Si ahaan way isa soo urursadaan, si ahaanna way kala tagsan yihiin. Wixii noloshooda halkan ku saabsan waa ay isla kaashadaan. Waxa ay ku kala duwan yihiin aragtida ku aaddan dalkii, aragtida siyaasadda, aragtida nolosha. Reer reer bay u sii qaybsan yihiin, haddana jilib jilib bay u sii kala fadhiyaan. Siday sidaa u yihiin baa waayuhu u run sheegaa. Waxa u sii nugul dumarka da' yarta ah oo iyagu dhalanteedka nolosha run mooda oo aan tumaatida horeba ka soo hadhin, waxa ku xiga ragga mashaqaystayaasha, wax matarayaasha ee loo yaqaan fadhi ku dirirka. Raggaasi waxa ay noqdaan 'dibi

foofay weyli kama dambayso'. Haddii ay reer
lahaayeen iyo haddii kaleba nolosha macno darro ayey
ku idlaystaan.

Soomaalidu masaajiddo badan bay dhisaan. Ma
hubaan in ubadkoodu ku tukan doonaan. Ma
diyaarinayaan dadkii la wareegi lahaa. Waa looga
dheereeyey gacan ku haynta ubadkooda. Waxa uga
dheereeyey nidaamka iyo qaab nololeedka dhulkan
yaal. Faraha wax badani uguma jiraan. Qoysas badani
way kala tegeen, way kala dhaqaajiyeen.

Dadka waaweyni way jecel yihiin inay dalkii dib ugu
noqdaan mase noqon doonaan, hadday noqdaanna way
soo noqon. Way ku xab bururiyeen meeshan, way ku
bashiishteen. Iyagu noqosho ayey ku fikirayaan
haseyeeshee ubadkoodu ma noqon doono. Taas waa la
hubaa. Nolol kale ayey yeesheen. Marka fasaxa dalkii
la geeyana way soo nacaan. Waa la soo nacsiiyaa,
lamana soo dhoweeyo. Waxa ay arkayaan carruur
caytamaysa iyo dad waaweyn oo isdagaalaya. Dhulkan
ay joogaan kuma ay arag cid is dagaalaysa iyo cid
iscaayeysa midna. Badownimo iyo ceeb baa loo
yaqaan. Malaha waa meelaha dhaqanka dunidani kaga
wanaagsan yahay dhaqankii dalkii loogu sheegay inuu
yahay kii hooyo.

Waxa ay ahayd in ay soo jeclaadaan oo in ay dal
leeyihiin ogaadaan. Ujeeddada loo geeyeyba sidaas
bay ahayd. Wayse ku hungoobeen. Nacaybka ay ka soo
qaadeen dib loogu hagaajin maayo

Dunida sidaas ah buu arkayaa Warfaa. In badan buu
isku dayey in uu wax ka beddelo. Waqti iyo dedaal
badan buu geliyey. Waxa uu arkayaa cimrigiisii oo

gabaabsiyey iyo sida isbeddelkii uu ku taamayey aanay waxba uga soo naaso caddayn.

Waa kan oo maanta carruurtiisii uu ku tabcay waxbaratay, dunida kala gashay. Samatar oo curadkiisii ahaa waxa uu u shaqeeyaa shirkad weyn oo Maraykan ah, waxa uu guursaday gabadh Koonfur Afrikaan madow ah; inantiisii Xaddiyo waa dhakhtarad ka shaqaysa dalka Australia, waxa ay u dhaxday nin Swedish ah; kuwii ka yaryaraana sidaa xaalkoodu kama dhaco. Carruurta waxa uu u bixiyey magacyo soomaali ah, halkaas buu soomaalinimada ka taagnaa. Warfaa, isagu, waa ka halkan keligii ku dacdarraysan. Daryeel ma haysto. Islaantii ay dhaxanta iska dugsanayeenna hortiibay aakhiro u hoyatay. Carruurtiisa waxa keliya ee uu ku qabaa waa sheegasho inuu dhalay. Iyaga noloshan ay ku koreen waxa ay bartay in aan waalidka wax weyn loo arag, ay tahay uun in marmar telefoon lagula hadlo.

Haddii uu dalkii ku noqdo cid kaga horraysa ma leh. Halkanna joogiddeeda waa uu garanayaa. Waxa uu ogyahay in dhowaan lagu tuuri doono guryaha dadka waaweyn lagu xannaaneeyo. Waxa loo qaban doonaa shaqaale daryeela. Shaqaale aan ehelkiis ahayn. Kuma farxi doono arrintaa. Carruurtiisu sannadkiiba mar bay soo booqan doonaan hadday u bataan. Ma xannaano aan ehelkaa kula joogin baa xannaano kuu ah?

Waalidkii gacantiisa ayey ku go'een. Isagaa gacantiisa ku aasay. Aabihii iyo hooyadiiba waxay ifka kaga tegeen iyagoo carruurtoodii iyo sokeeye oo dhammi hareera joogo. Maanta waa maxay nasiib darrada ka xun halkan oo wadku ka helo? Cidlo ku bakhti sow noqon maayo?

Ma sidaasuu adduunka kaga tegi?

Himiladiisu ma ahayn inuu sumadlaawenimo dunida kaga tago. Waxa u guntanayd odhaahdii soomaaliyeed ee ayeydii ugu celcelin jirtay. Odhaahdii ahayd 'Waari mayside war ha kaa hadho'

Waa uu ogaa in aanu waarayn, waxase maanta uu arkaa inaan war ka hadhayn oo uu sumadlaawenimo, magac xumo ama magac la'aan dunida kaga tegayo isaga oon dadaalkiisii wax raad ah reebin.

Maxaa qaldamay buu isweydiinayaa. Waa uu ogyahay in aanu dadaal yarayn. Wuu ogyahay in uu waxbartay, shaqaystay, maalin keliyihi ciyaar ku dhaafin oo uu fadhi kudirirka ka dadaal duwanaa, ka nolol duwanaa, ka fikir duwanaa, maantase si isku mid ah ay dunida uga tegayaan.

Ma dadaalkiisa ayaa qaldanaa? Ma dawga uu maray baa qaldanaa, mise meesha uu isbedelka ka samaynayo ayaa meel qaldan ah? Nolol aan tiisii ahayn buu dhisayey, dal aan kiisii ahayn buu ku waayo seegay!!!

Haddii uu dadaalkan dalkiisii ka samayn lahaa waa uu hubaa in uu ka midho dhalin lahaa. Laakiin dadaal kasta oo uu isku dayo in uu dalkan shisheeye ka sameeyo waa u badheedhid ka hortagga mawjado caabbi badan. Mawjadahaas baa dadaalkisii hafiyey oo waxba la'aan ka dhigay.

Waxa uu arkaa in uu meel qaldan dadaalkiisa geliyey, in uu tacabkiisu ku qasaaray meel aanu ka lib keeni karin.

Waa inuu wax u sheego kuwa ka dambeeya, laakiin waa goorma, waa gabbal dhac…Waxa uu ku gam'ay

kursigii Tareenka. Inay gama' tahay iyo inay suuxdin
tahay lama oga. Hadduu gama'san yahay inuu ka soo
toosi lama oga, hadday suuxdin tahayna inuu ka soo
miiraabi lama oga!!!Hadday tiisa noqoto meel lagu
aasi lama oga!!! Shalay iyo hawl adduun, hankiisu
miyuu fogaa!!!

FALCELISKA AKHRISTAHA

1.

*Jariirad ayay ku foorareen oo ay eegayeen. Wuu
gaboobay iyo muu gaboobin ayay isku haysteen. Mid
ka mid ah ayaa yidhi: beri dhawayd ayaan arki jiray
oo muu sidaa u sii waynayn. Mid kale ayaa ku
darsaday oo yidhi anigu dhawr sano ka hor ayaan
maalin ku arkay iskuulkayaga oo wuu yaraa. Mid kale
ayaa dhinacan ka soo booday oo isna leh, anigu TVga
ayaan dhawr jeer ka arkay isagoo meelo buugaag laga
akhriyayo jooga wajigiisuna kan halkan ku sawiran oo
kale ayuu ahaa oo wuu iska yaraa. Waxaan jeclaystay
bal inaan arinkan ardaydu ka hadlayso laftirkaygu
eego. Waxa meesha lagu hayaa waa jariiradii
Jamhuuriya. Qiyaastii xaashida dhexe xageeda sare
ayay indhuhu ku jeedaan. Aniga oo isha la raacaya
ayaan u holladay bal inaan akhriyo. Bogga xaggiisa
sare waxa ku xardhan ISAGOO GABOOBAY. Cajab.
Is idhi bal ninkan gaboobay ee ay dhalinyaradu ku
murmayaan eeg adna. Mise waxaaba cinwaanka
hoostiisa yaal sawir aan si fiican u garanayo. Waa nin
aanu meelo badan wada fadhiisan jirnay, oo dadku ku
kulmaan. Laakiin in muddo ah aanaan is arag, oo ay
iigu war danbaysay isagoo carro dibadeed safar ugu*

baxay. Waxay maskaxdaydu isku celcelisay oo goormuu gaboobay sowkii maalin dhawayd uun ninka yar ahaa, iyo mooji oo malaha xagaas uu tagay baa sidaas loogu gaboobaa. Aniga oo su'aalihii ardaydu isweydiinayeen qaar la mid ah isweydiinayaa ayaan meeshii ka dhaqaaqay, maskaxdayduna isku celcelinayso Wuu gaboobay iyo muu gaboobin.
-M. M. Xasan -

2.

Wallaahi xiiso way leedahay laakin waa sheeko xanuun badan runtiii aniga fakar ayey igu abuurtay waana wax loo baahan yahay in laga fekero mustaqbalka noloshu meesha uu ku dambayn doono haddii geeri laga baxsado. Ma sidan ayaa lagu jirayaa intii cimiriga Raage oo kale oon wax ka qabad lhayn laga gaadhayo. War hooy dadoow tashadda oo waddankii ha loo laabto kol ay ehelkaagu ku aaasan maanta dhimo oo xitaa laguu duceeyo haddii kale meesha waayeelka ayaaa lagu damayn doonaa kolay anigu waan ka tegyaaa intaan waqtigu iigu dhamnaane inkastoo wali yarahay kkkkkkkkkkkkkkkkkkkkkkkkkkkkkkkkkkkkkkkkkkkkkkkkk hallaga faa'iidayso
-Xarrago.-

3.
Runtii aniga sheekadaan waxay ii noqotay waayo aragnimo waayo waxaan arkaa in geedkii meel qaldan lagu abuuro in aw jebaa ama bixi waynaa. Ahlu Qurbo ayaan ahay sheekadaana waa mid i anfacee iyo qofkasta uu qurbaha jooga hadii aw aqristo DIGNIIN & TALO hadii aad rabtid in awlaadaada ay wax ku

*taraan diinta kula dadaal laakiin hadii aad aduun kula
dadaashit wax ay kuterayaan malahan*
*TUSAALE AHAAN :ninkaan sheekadu ku socotay
ilmaha aduun ayuu kula dadaalay laakiin aakhiro iyo
diin wax kama barin waa qasab in aad ilmihiina diinta
bartaan is ay idiin baraan.*
-Guriceel-

SHEEKADII DIBIGA IYO DAMEERKA

Waxa jiray nin taajir ah oo lacag badan lahaa, xoolo lo' iyo geel ahna Ilaah ku mannaystay, shaqaale badnina u shaqaynayeen. Waxa uu lahaa haweenay iyo carruur uu miyiga la degganaa maadaama uu aqoon badan u lahaa beeraha.

Waxa Ilaah ugu deeqay awood uu ku fahmo afafka shimbiraha iyo xayawaanka jaad kasta. Waxa loo sheegay in haddii uu hibadaas cid u sheego uu dhiman doono sidaa darteed wuu qarin jiray.

Waxa meel ugu wada xeraysnaa Dibi iyo Dameer. Maalin ayaa isaga oo la jooga shaqaalihiisa, carruurtiisiina ku hareer ciyaarayso uu maqlay Dibigii oo ku leh Dameerkii, "Waan ku salaamay saaxiib, waxan kuu rajaynayaa inaad ka dheregtay nasasho iyo daryeel, biyo iyo cunto, anigase waxa la i soo xereeyaa habeen badhkii marka la iga furo harqoodka iyo xamaanta beerta. Waxa aan ka daalay qodista beerta oo aan wado waaberi ilaa gabbal dhac. Waxa la igu qasbaa in aan qabto shaqo iga tan badan, si aad u xun baana la iila dhaqmaa habeen kasta. Marka aan shaqada dhammeeyo ayaa la i soo celiyaa fiidkii iyada oo meel waliba i xanuunayso, madaxa, qoorta, dhabarka, indhaha... kadibna xeradaa la igu oodaa, waxana la i siiyaa raashin aan wanaagsanayn oo wasakh ah. Meeshaas uraysa baan habeen oo dhan ku jiraa, adigase meel nadiif ah baa lagugu xereeyaa, waanad iska nasataa marka mulkiilaheennu magaalada alaab uga baahdo mooyee, taasina waa marmar iyo dhif, dhabarkaaga uun buu sii fuulaa oo soo fuulaa. Arrintu waxay tahay: aniga waa la igu shaqeeyaa la imana nasiyo, adiguse waad nasataa firaaqona waad haysataa. Waad seexataa halka aniga hurdo la'aani iga dishay.

Gaajaan la dhimanayaa adiguna wax walba waad heshaa".

Markii Dibigu hadalka dhammaystay ayaa Dameerkii ku soo jeedsaday oo yidhi,
" Damiir laawe, ciddii Dibi kuu bixisay kaama ay gardarrayn, waxa aad tahay doqonka ugu doqonsan, naftaada ayaad dhibtay oo beer baad u qoddaa mulkiilahaaga si aad cid kale u raalli geliso. Waaberigii baad shaqo bilowdaa ilaa gabbal dhaciina waad waddaa, maalin oo dhanna waxa aad u adkaysataa dhibaato iyo kadeed sida garaacis iyo habaar. Immika si taxaddir leh ii dhegeyso. Marka aad beerta tagto ee ay ku meeraraan, harqoodkana kugu xidhaan dhulka isku tuur oo ha kicin xataa haddii lagu garaaco. Haddii xataa ay ku kiciyaan mar labaad istuur. Marka ay ku soo xereeyaanna xerada isku tuur oo ha cunin cuntada ay ku siiyaan. Ha dhadhamin. Iska dhig in aad xanuunsanayso, sidaana ku wad ilaa saddex maalmood. Sidan baad shaqadii adkayd kaga nasan kartaa xooggaaguna ku soo noqon."

Markii Dibigu maqlay ereyadan, waxa uu dareemay in Dameerku saaxiibkiis yahay waanu u mahad naqay.

Maalintii dambe ayaa ninkii beerta ka shaqaynayey kaxeeyey Dibigii oo meeraray una hawl geliyey sidii caadiga ahayd. Laakiin Dibigu waxa uu qaatay taladii Dameerka, waxana uu tuuray xamaantii beerta ilaa uu jejebiyey. Ninkii beerta ka shaqaynayey baa garaacay ilaa uu ka baqay inuu dhinto. Dibigii wuu dhaqaaqi waayey ilaa gabbalkii ka dhacay. Ninkii beertu Dibigii buu xereeyey, Dibigiina wuu diiday inuu wax cuno oo cawskii iyo raashinkii loo soo dhigay afka saari waayey. Dabeecaddan la yaabka leh ee Dibigii la yimid baa ka fajicisay beeroolihi. Aroortii dambe ayaa beerloolihii Dibigii u keenay raashinkii laakiin waxa uu arkay Dibigii oo si qaab daran dhabarka ugu jiifa, lugahana kala fidiyey. Ninkii aad buu uga walaacay xaaladda Dibiga waxana uu ku fikiray, " Wallee Dibigu waa uu bukaa, waana sababta uu beerta u qodi waayey shalay

"kadibna waxa uu wargeliyey taajirkii, "Sayidkaygiiyoow Dibigu waa uu bukaa. Cuntadii wuu diiday xalay iyo saakaba."

Mulkiiluhu wuu fahamsanaa ujeeddada waxan oo dhan sababtoo ah waa kii maqlay hadalkii ay isweydaarsadeen Dibiga iyo Dameerku. Waxa uu yidhi,"Kaxee Dameerka oo ku xidh xamaanta, beertana ku qod oo ha beddelo Dibiga."

Beeroolihii sidaas buu yeelay oo Dameerkii buu ku baddelay Dibigii, maalintii oo dhanna ku qodayey beertii, marka Dameerku daalo ee socodka gaabiyana beerooluhu waxa uu ku feedha jebinayey ul uu si ba'an ugu garaacayey. Markii Dameerku galabtii xeradii soo gaadhay waxa uu ahaa mid luudaya oo socodku ku adag yahay. Dibigii isagu maalintii oo dhan buu iska jiifay oo iska nasanayey raashin baanu ka dhergay. Waxa uu aad uga mahadnaqayey taladii wanagsanayd ee Dameerka isaga oo aan war ka hayn dhibaatadan Dameerka ku wareegtay. Markii habeennimadii Dameerkii xeradii ku soo noqday Dibiigii oo sharfaya ayaa isa soo hortaagay waxana uu yidhi," Aad baan kuugu mahadnaqayaa saaxiib, aad baan u nastay, maanta cunto fiicanna waan cunay, taasina mahaddeeda adigaa leh."

Dameerkii muu jawaabin sababta oo ah cadho ayuu cirka marsanaa waxana uu la daalay garaacistii beeroolaha. Xaqiiqo ahaan waxa uu qoomameeyey taladaa wanaagsan ee uu Dibiga siiyey waxana uu

naftiisa ku yidhi, "Tani waa dhurkii (natiijadii) doqoniimadaada taladii fiicnayd ee aad bixisay. Waxa aan ku noolaa farxad iyo barwaaqo intii aanan faraha la gelin shaqo cid kale. Immika waa in aan ka fikiraa wax kale oo aan Dibiga ku khiyaameeyo si uu beertiisa ugu noqdo, haddii kale aniga ayaa dhimanaya."
Kadibna waxa uu galay xeradiisii isaga oo Dibiigiina uu la daba socda mahadnaq.

Markii Dameerkii ku noqday xeradiisii ninkii ganacsadaha ahaa daaradda ayuu la fadhiyey xaaskiisii iyo carruurtiisii, caddo ayey ahayd. Isaga oo carruurtiisii iskala ciyaaraya ayuu maqlay Dameerkii oo ku leh Dibigii, " Ii sheeg saaxiib, maxaad berrito qabanaysaa?"
" In aan taladaadii raaco, dabcan. Waxay ahayd talo wanaagsan oo aan ku nastay. Markaa kolkay ii keenaan cuntada waan diidi doonaa oo iska dhigi doonaa inaan buko" ayuu yidhi Dibigii.
Dameerkii madaxa ayuu ruxay oo yidhi," Waxa wanaagsan in aanad sidaa yeelin."
" Oo waayo?"
Waxa uu Dameerkii ku jawaabay, "Waxa aan kaaga digayaa in aan maqlay mulkiilihii oo ku leh beerfalihii, 'haddii Dibigu maanta kici waayo oo beerta fali waayo cuntadana cuni waayo, hiliblaha u gee ha gawracee. Kadibna hilibkiisa sii masaakiinta, haraggana innooga soo qaad' ma aragtaa sababta aan ugu baqayo noloshaada? Markaa taladayda qaado inta aan dhibaato kugu dhicin, marka ay cuntada kuu keenaan cun, kadib sare kac, dinnaaxyee, oo goolaaftan haddii kale waxa dhab ah in sayidku ku gawrici doono.. Allah ha ku nabadgeliyo."
Markaasaa Dibigii sare kacay, dinnaaxyeeyey oo u mahadnaqay Dameerkii, " Berrito beerta ayaan u raaci

doonaa" ayuu yidhi oo cunay raashinkii. Intii arrintani dhacaysay oo dhan mulkiiluhu-waa taajirkiiye wuu maqlayey.

Aroortii dambe ayaa mulkiilihii iyo xaaskiisii xeradii tegeen, beeroolihiina Dibigii saaray.

Dibigii dabada ayuu lulay oo boodbooday oo u dinnaaxyeey si la yaab leh markaasaa sayidkii qosol aan kala go' lahayn ku dhuftay ilaa uu qadaadka u dhacay illayn waa nin sirta la socdee.

" Maxaad sidan ugu qoslaysaa? bay islaantiisii weydiisay.

" Waxa aan ku qoslayaa sir aan ogahay, wax aan maqlay oo aan arkay haseyeeshee aanan kuu sheegi karin. Haddii aan kuu sheegana waan dhimanayaa."

" Waxan ku weydiisanayaa in aad ii sheegto" ayey tidhi," ii sheeg sababta aad sidaa ugu qososhay iyo waxa sirtu tahay. Dan kama lihi haddaad dhimanayso."

" Waa wax la xidhiidha afka xayawaanka iyo shimbiraha, hayeeshee la iima oggola in aan kuu sheego."

" Alla hortii been baad sheegaysaa" ayey ku andacootay, "Tani waa marmarsiiyo. Wax kale kuma aad qoslayne aniga ayuad igu qoslaysay waxana aad doonaysaa in aad wax iga qariso. Laakiin Ilaah baan ku dhaartee haddaad ii sheegi weydo dib dambe ii arki maysid. Waan kaa tegayaa." Way fadhiisatay oo barooratay.

"Maxaad la ooyaysaa? ayuu sayidkii ku jawaabay,"jooji waxan oo oohin ah".

" Ii sheeg sababta aad u qososhay"

" Dhegeyso, runta ayaan kuu sheegaya. Markii Ilaahay i siiyey sirta garashada afka shimbiraha iyo xayawaanka, waxa aan nidar ku galay in aanan cidna u sheegin haddi kale aan dhinto"

" Waxba ma leh" ayey ku qaylisay," Ii sheeg waxa ay Dibiga iyo Dameerku lahaayeen, haddii aad dhimanaysana iska dhimo."

Kama ay dayn qaylada ilaa uu ka daalay. Waxa uu hadal ku soo koobay, "U yeedho aabbahaa iyo hooyadaa, qaraabadaada iyo jaarkeenna."

Markii ay hawshan u baxday waxa uu u cid dirsaday qareennadii si uu u qoro dhaxalka hantidiisa , kadibna sirta sheego oo u dhinto haweenaydiisa darteed maadaama uu jecel yahay. Waxa ay ahayd inaadeertii rumaad, hooyadii carruurtiisa, waxana uu la noolaa muddo aad u dheer.
Markii ay soo urureen xigtadii iyo jaarkii waxa uu ku yidhi buu uga warramay arrintii,
"Arrin layaab leh baa igu dhacay markaa haddii sheekada sirta aan hayo cid uga warramo waan dhimanayaa."
Markii qof waliba hadalkiisa dhegaystay ayuu adeerkeed ku jeedsaday haweenaydii oo ku yidhi, " Ilaahay ka cabso oo iska daa madax adayga oo ka fikir cidhibta arrintan. Haddii kale ninkaaga oo ah aabbihii carruurtaada wuu dhimanayaa."
" Ma beddelayo maskaxdayda ilaa uu sirta ii sheego"ayey ku jawaabtay, "Xataa haddii uu dhimanayo".
Dadkii way iskaga tageen markay waxba ku qancin kari waayeen, ninkiina wuu iska kacay oo waxa uu ag tegay xeradii digaagga si uu kelidii u noqdo oo u ducaysto inta aanu dhiman. Kadib waxa uu doonayey inuu ku soo noqdo, sirta sheego oo dhinto.

Xeradan digaagga waxa ku jiray konton digaagadood iyo diig keliya, markii uu u diyaargaroobayey in uu sii

sagootiyo dadkiisii waxa uu maqlay mid ka mid ah
Eydiisii oo la hadlaya Diigii, oo baalasha lulaya, ciyaya
oo kolba digaagad ku boodaya.

Eygii baa ku dhawaaqay, " Ma xishoonaysid miyaa, ma
maanta oo kale ayaad iskala ciyaaraysaa dumarkaaga-
digaagadahaaga?"

" Oo maanta ma wax cusub baa jira?" buu weydiiyey
diiggii.

"Miyaanad ogayn in mulkiilaheennii isku diyaarinayo
dhimashadiisii?" ayuu Eygii ku jawaabay. " Naagtiisii
baa go'aansatay in uu u sheego sirtan uu Ilaahay baray,
marka uu sheegana wuu dhimanayaa. Annagu Eydii
haddaannu nahay maanta waannu murugaysanahay
laakiin adigu baalasha ayaad ruxaysaa oo kolba
digaagad baad la ciyaaraysaa. Ma waqtigii la ciyaari
lahaa ee la iska raaxaysan lahaabaa? Miyaanad isku
xishoonayn?"

' Mulkiilaheennu ma caqli-laawaa, miyuu maskaxdiisa
adeegsado? Haddii aanu maamuli karin naag keliya, in
uu noolaado xaqba uma laha. Anigu konton dumar ah
baan leeyahay mid baan ka farxiyaa midna waan ka
cadhaysiiyaa, mid baan wax siiyaa midna waan
qadiyaa. Hab maamulkayga wanaagsan dartiina
dhammaantood   gacuntaan   ku   wada   hayaa.
Mulkiilaheennu waxa uu ku doodaa in uu yahay xariif
caqli badan waxa uu leeyahay naag keliya tiina ma
yaqaan si uu ugu taliyo."

" Waa hagaage muxuu yeeli lahaa mulkiilaheennu?"
ayuu Eygii weydiiyey.

" Waa in uu immika baxaa" ayuu yidhi Diiggii "oo
geedkaas ul ka soo goostaa oo uu garaacaa ilaa ay ku
dhawaaqdo' waan toobad keenay, weligay su'aal kale
ku weydiin maayo inta aan noolahay'si aad ah ha u
garaaco markaas buu si fiican u seexan oo noloshu

dhadhan u yeelane. Laakiin ninkan innoo mulkiilaha
ahi dhibic caqli ah ma laha..''

Markii ganacsadihii maqlay kelmadihii wanagsanaa ee
Diiggu u sheegay Eyga, degdeg buu u kacay, ulo
qudhac ah buu soo goostay oo ku qariyey gurigiisii,
kadibna wuu u yeedhay, "Soo gal guriga aan kuu
sheego sirtii oo aan dhinto tiiyoo aan qofna i arkayne.''
Qolkii bay soo gashay, isna albaabkii buu hoosta ka
xidhay. Waxa uu bilaabay inuu ka garaaco dhabarka,
garbaha, feedhaha, gacmaha iyo lugaha.'' Ma ka
waantoobaysaa weydiinta su'aalo aan ku khusayn?''
waanu ku waday garaacistii ilaa ay ka miyir beeshay.
Way soo boodday iyada oo ku qaylinaysa," Waan
toobad keenay. Su'aal dambe ku weydiin maayo. Waa
iga dhab.'
Kadib lugaha iyo gacmaha ayey ka dhunkatay dibadda
ayaanu u saaray, iyadoo isku dhiibtay dumarnimo.
Waalidkeed iyo dadkii oon dhan baa arrinta ku farxay
murugadiina waxa beddelay farxad iyo rayrayn. Sidaas
ayaa ninkii taajirka ahaa uga bartay Diiggiisa habka
reer loo maamulo, isaga iyo xaaskiisiina farxad ayey
ku dhammaysteen noloshoodii.

CID UUN BAA INNA TOOSIN

Koox aannu wadaagno golaha emailka oo aan su'aal weydiiyey bay inantu ku jirtaa. Warcelintii weydiinta inaan saluugay baan u sheegay. Warcelintoodu ma qaldanayne mindhaa anigaa jawaab kale doonayey, mooyi, si ay tahayba ku qanci waayey wayse ku mahadsan yihiin. Kooxda intooda badan maannu kulmin mid iyo laba mooye, golahan uun baannu wadaagnaa. Intooda badan af ingiriisi aan laaxin lahayn bay wax ku qoraaan oo afkaarta isku weydaarsadaan, aniguse af soomaaliga ayaaban laaxin tiri kari la'ayahay oo la gabbadaa, waabase af kale.

Afsoomaaliga way ku hadlaan waanay qori karaan, haddana malaha sidan bay ka doorbideen, waxa laga yaabaa inuu qaarkood ku adag yahay…ka ugu yari waxoogaa Soomaali ah buu ku soo dhex daraa.. anna mar haddaan fahmayno waa iska hagaag baan idhaa, waxa ay qoraan waan akhristaa afkaar kalese kuma darsado.

Inta aan ka garanayaa ugu yaraan 20 gu' ayey barafka ku foorareen, labaatankaa labaatankooda oo labaatan kale lagu daray anna golcasta ayaan gacanta iskaga dhigayey. Waxa isle'eg inta ay kulayl arkaan iyo inta aan qabow arko sannadkii.

Kolkaan kooxdii golaha yara dhaliilay waxay tidhi inantii, "Ha iga maagin dadkan waqti baa iga galaye".

Hadalkaasi aad baan uga helay. Weli maan arag qof yidhaa 'lacag baa iga gashay' mooyee 'waqti baa iga galay'.

Waqtiga in isku mid ah baa laga haystaa laakiin sida looga kala faa'iidaysto uun baa loo kala badiyey. Kama hadlayo waqtiga qiimihiisa oo waa la wada ogyahay inkastoon la wada arag.

Haddana waxay tidhi, "Dadka aan soo baraarujiyey ha iga maagin".

Hadda garo oo way baraarugeene weli saani uma ay toosin.

Baraaruggu sida aan u aqaan waa marka hurdada laga tooso tiiyoo badh kuu hadhsan yahay, cabbaar kadibna waa lagu noqdaa. Malaha inta aanay hurdada ku noqon bay ka gaadhsiinaysaa inay wax u sheegto. Oo ma dad kale oo hurda ayey farriin u sii faraysaa?

Haddana waxay tidhi, "Dadkan si aan u toosiyo Ilaahow i bar."

"Oo hurdo uga toosiso mise qallooc?" baan weydiiyey.

"Hurdadaa iigu daran. Haddaan hurdada ka toosiyo qallooca waan ka toosin karaa, hadday hurdaanse qallooc kama toosin karo" bay tidhi.

Hadda waqtigaa aanu wada hadlaynaa waa afartii habeennimo waqtiga Afrikada Bari. Qoraal gaagaaban baannu ku wada hadlaynaa.

Way sii wadday hadalkii, "Dhibaatadu waxa weeye intii wanaagsanayd baa hurudda, intii qaloocdayna way soo jeeddaa".

Waxan ku idhi, "Xikmaddaadu caawa in ugu yaraan la weeleeyo ayey u baahan tahay."

"Adigaa qori bay tidhi,"

Idhi "Waan daallanahay"

"Daalka waan necebahay" bay tidhi.

"Marka la toosiyo maxay qabanayaan?" baan weydiiyey.

"Wanaagga waddankooda iyo danahooda ayay ku dhaqaaqayaan".

"Kuwa qallooca ee soo jeeda ma toosinnaa, kuwa wanaagsani ha iska hurdaane?" baan haddana waydiiyey.

"Maya, kuwa qaloocan seexi." bay tidhi.

"Haddaba waa goor dambe ee iska seexo" baan ku idhi.

"Ma kuwa qalloocan oo in la seexiyo ay tahay baan ku jiraa?" bay la soo boodday.

"Maya, balse si aad kuwa wanaagsan ee hurda ugu biirto, waadigii yidhi intii wanaagsanayd baa hurudda."

"Badow yahow dib ha u celin dadka soo baraarugay, sow muu odhan Xasan Sheekh Muumin" bay tidhi.

"Maya Dheeg buu ahaa" baan idhi.

Waa iska hagaag haddii aanay Shakespear ku sheegin.

Caawa hadal badnidayda ayaan ka yaabay, tolow iyana ma ila yaabban tahay mise iyada qudheedu hadal badnideeda ayey la yaabban tahay?

"Dee innana ma iska seexanna si aan kuwa wanaagsan ee hurda ugu biirno, cid uun baa inna toosine, kolka kuwaasi toosaan baynu toosiye?"

" MAYA" bay tidhi.

"Oo miyaan kuwa qalloocan ee soo jeedaa inna toosinayn".

"Wax qallooca ka toosiya ayey u baahan yihiine".

"Oo haddii qallooca laga toosiyo miyaanay sida kuwa wanaagsan seexaneyn?"

"Yaa ka toosinaya"

"Innagaa ka toosinayna hadday hurdada innaga toosiyaan"

"Innama toosinayaan oo inaynu hurudnaba ma oga"

"Innagu miyeynu ognahay inay qalloocaan?"

"Xaggaynu ka ognahay, soynaga hurudna, ma qof hurdaa wax og?"

"Maxaa talo ah haddaan midkeenna midka kale toosin karin?"

" Cid uun baa inna toosin"

HMM..cid..cid…cid uun baa inna toosin… tolow waa ayo ciddaasi?

XUSUUS MUJAAHID

Kani waa Mujaahid, waxa uu isa soo hor taagay maqsin Qaad lagu iibinayey oo ku yaallay xagga hoose ee guri fooq ah oo gu'yaal ka hor ay ku soo martay sheeko mahadho reebtay.

Mujaahidku waxa uu xidhan yahay dhar laga nadaafad badan yahay: surwaal jilbaha iyo dabada laga karay iyo shaadh badhamada qaar ka maqan yihiin, raqaabaddana dhidid badan ku leh ayuu ku labbisan yahay, intaana waxa u weheliya kabo hoosta laga rakcay oo aan sharaabaaddo lahayn. Gadhkii oo ku baxay, timihii laabtiisa oo muuqda iyo bidaar madaxiisa kala badh goysay baa intaa u dheer.

Qofkii arkaa inkasta oo aanu waalli ku tirinayn waxa uu u qaataa nin busaaradsan maxaayeelay waa dharka ay ku labbisan yihiin in badan oo ah dadka danyarta ah ee magaalada deggan.

Waxa uu istaagay goob ku beeggan albaabkii maqsinka, halkaas oo uu eegmo u yeeshay maqsinkii iyo shaqaalihii ku mashquulsanaa kala rogga qaadka iyo tirinta lacagta. Shaqaalaha mid kasta waxa hor taalla xidhmo qaad ah oo iyada oo aan xadhiggii ku xidhan yahay ay kolba qori ka jabsanayaan. Takhsiin iyo dhidid baa ka muuqda. Qaylo badan iyo buuq baa meesha ka baxaya. Waxa halkaa wajahadda ka soo jeeda oo foolkiisu albaabka ku beeggan yahay nin la moodo madaxweyne oo inta kala ee meesha joogtaa marka uu hadlo wada aamusayaan, amarkiisana hadal la'aan lagu qaadanayo. Waa maamulaha maqsinka jaadka.

Mujaahidku xusuus gaar ah buu ku maqan yahay oo inkasta oo uu eegayo gudaha maqsinka jaadka, haddana ma arkayo waxa meesha ka socda.

"Wax san,.. Ilaahay ha ku siiyo" dhawaaq ka soo yeedhay masuulkii maqsinka ayuu ku war helay.

Isaga oo weli meeshii taagan ayuu haddana ninkii maqsinku ku yidhi cod dheer," Waar miyaannaan kula hadlayn dee meesha iskaga dhaqaaq"

Inta uu naxay oo xusuustii dib uga soo boodday buu gees uga weecday albaabkii oo haddana dib ugu laabtay maalmihii ku soo maray goobta fooqan. Dareen cadho leh ayaa wejigiisu soo bandhigay, indhihiisii gudhayna markay awoodi waayeen inay soo qubaan illin naxariiseed oo uu ku nafiso ayey isu beddeleen barar.

Geeddi dheer baa dhowr sannadood maskaxdu dib u rartay. Maalintaa sida gaarka ah maankiisa ugu mudani waxa ay ahayd dharaar kulul, suuq haawanaya, dukaammo iyo bakhaarro dadkii lahaa iskaga yaaceen. Maalin wixii carari karayey cagaha wax ka dayeen oo Allow ila baxso xaalku marayey bay ahayd. Mujaahidku ma garanayo cidda fooqan leh maanta iyo maalintii, waxase uu arkayey fooq hanti badani gashay oo ninkii lahaa iskaga cararay. Isagu goobtaa waxa uu kaga jiray difaac. Koox uu watay ayaa kobtaa ka dagaallamayey oo hadba dhinac uga mitilikhaysanayey rasaasta sida roobka loogu soo qayayo. Waxay ahayd dharaar hub nooc walba la isku adeegsaday oo aan la is bixinayn.

Mujaahidku waa dagaal-geliye kooxeed oo kolba dhinac ayuu u boodayaa isaga oo dalbanaya mujaahidiinta uu hor kacayo. Wuxu kolba qaar u tilmaamayaa meeshii ay difaaca ka geli lahaayeen iyo goorta ay weerarka u kacayaan. Ciidankiisu waa shicib dantu badday inay qoriga qaadaan aanse lahayn tababar iyo aqoon askari oo lagu dagaallamo.

Waxa uu arkay mid ka mid ah mujaahidiintii oo dagaalka ka soo maagaya. Inta uu ku qayliyey buu sare ugu dhawaaqay " Waar fooqan ka gal difaaca."
Mujaahidkii oo isaga dareen jaad kale ahi ku dhashay baa qorigii garabka sudhay oo ku jawaabay, "Fooqa kii lahaa ha difaaco" kadibna inta uu dib u jeedsaday buu iska dhaqaaqay, halkaana dagaalkii kaga baxay.
Maanta oo gu'yaal badani ka soo wareegeen maalintaa, waxa uu mujaahidkan fooqa hor taagani dhex muquurtay xusuustaas dheer. Waxa uu is weydiiyey in maalintaas mujaahidkaas walaalkiis ahi uu ka saxsanaa oo ay ahayd in fooqan ninkii lahaa difaaco. Waxa maanta dareenkiisu ku hakaday fooqan uu hor taagan yahay ee uu difaacayey maalintii kii lahaa ka cararay iyo sida kii lahaa uu si nabad ah ugu raaxaysanayo isagoon xagtini ka soo gaadhin, isla markaana aan ogayn raggii u xoreeyey iyo inta ka nooli waxa ay ku sugan yihiin. Haddii loo ogyahay ma sidaasaa loola hadli lahaa maanta! Ma **wax san** baa la odhan lahaa sidii miskiin ka dawarsanaya! Ma wax buu weydiistay meesha wuu istaagay uune?
Haddana xusuustu khan kale ayey u furtay. Oo adiga maxaa maalintaa kugu kallifay inaad dagaalanto ma wax uun dadka kale ka maqnayn baa kaa maqnaa? Maalintaa maad iska carartid oo caydh maad ahayne intaad geeliinna dhowr halaad ka iibsato iska taccabirtid oo iska dhooftid oo xagga Norway nafta kula carartid? sow maanta kuwan jannaalayaasha ah ee soo degaya uun kamaad mid ahaateen oo weliba sidan aad tahay kamaad sharaf badnaateen waayo iyaga maanta waa la jecel yahay oo lacag bay haystaan?
Waxa uu dib u gocday maalmihii dhagax-tuurka ee isaga oo arday yar ah uu waxbarashadiisii uga cararay ee uu halganka hubaysan ugu biiray si uu uga qayb qaato dad iyo dal dulman xoraytooda.

Dalka cid uun baa xorayn lahayde maxaa kugu xaqsaday adiga? Waxa uu xusuustay maalmihii uu awoodayey inuu guursado oo qoys yagleelo uuse u daayey difaaca bulsho dulman darteed. Maalmihii uu ku heesayey:
Nin dagaal u sara kacay
Degta saaray qorigii
Inuu diriro mooyee
Guur kuma degdegayee.
Waxa haddana xusuustu la gashay kuwii saraakiisha sare ahaa ee halganka hoggaaminayey ee safka dambe amarka ka bixin jiray oo badhkood markii uu dalku xoroobay xilal sare qabtay, kadibna illaaway isaga iyo intii la midka ahayd ee holaca iyo halasaha beerka u dhigayey iyaga oo qaaday, "Hantiyeey macaan" oo aan maalinna xasuusan mujaahidiintii safka hore ee dagaalka, kuwaasoo marka xilka laga qaadana ku muusannaaba mujaahidiintii baa la dulmay oo wax loo qaban waayey, kuwaas baaba cid kasta kaga daran oo magacii mujaahid ka dhigtay wax lagu shaqaysto iyo sallaan xilka lagu koro kadibna la iska tiiriyo
Haddana waxa xusuusta maskaxdiisu tustay in uu yahay midka dad ugu ayaan daran maxaa yeelay dee cid kale iska daaye waxa mudnaanta ka yeeshay kuwii kaga soo hor jeeday halganka ee la magac baxay FQSH ee ka yimid XMR iyo kuwii qurbaha u cararay. Maskaxdiisu waxa ay ku dhawaaqi kari weyday shaqallada ereyga, cabsi iyo wax ay ka tahayba. Galowda ma uu aqoon oo waxa uu ahaa geesi sooma laabte ah, goormaa toloow beer nugaylku ku dhashay? Waxa uu xuusutay maahmaahdii Abgaalka ee ahayd "Nabad badani naag bay kaa dhigtaa"
Muxuu la cabsan isaga ma sharci baa qabnaya waxaba loo haystaa inuu waalan yahee, haddaa ma 'waxsan' baa la odhan lahaa?

Alla muxuu waayuhu wax tusay! Waxa uu maalin walba idaacadaha ka dhegaystaa, bogga hore ee wargeysyada ka daalacdaa sawirradooda waaweyn, fagaarayaasha lagala hadlo dadweynaha u soo taagnaa rag waayo-waayo loo baahnaa xooggooda oo inta ay dhawaaqii xabbada halganka xammili waayeen xagga baraflayda reer galbeedka u yaacay, maantana la soo noqday xisbiyo iyo ururro siyaasadeed ay dadka ku beer xaadhaan iyaga oo hal-qabsigooda ugu horreeyaa yahay in ay wax u qabanayaan mujaahidiinta iyo agoonta. Waa niman uu jeebka ugu jiro baasaboor shisheeye oo ku kala goosha diyaaradaha, inta ay dalka joogaanna ku dhex mara waddooyinka boodhka badan baabuur muraayaduhu u dallacan yihiin, iskaba daaye waxa ay ka faanaan biyaha dalka ee dadweynuhu cabbo.

Mujaahidkan way ka muuqataa diifta iyo daranyadu dushiisa oo daryeel buu u baahan yahay, kollayse malaha cidi way u maqan tahay cid ay tahayba. Inkasta oo isagu sidiisan ku qanacsan yahay oo raalli ku yahay haddii uu ku nabad-galo. Awal isagaaba nabadgelyada la weydiisan jiree maanta isagaa u baahan in la nabad geliyo, isagaa u baahan in ammaan la siiyo oo erey xun laga ilaasho oo tacaddiga looga tudho haddaan wax kale loo tarayn. Ninna waxba ugama baahna oo sidiisaas ayuu ku qanacsan yahay. Kol haddii uu dhex mushaaxayo dhulkiisii oo xor ah, gidaar kastana nabad ku seexanayo. Uma baahna dawo iyo daryeel, uma baahna cunto iyo hoy, uma baahna tacliin iyo tababar SAA MABA HELAYEE.

Goobtii xusuusta dheeri ku haleeshay buu mujaahidkii ka dhaqaaqay inta uu qosol kala wadhay, kuwiina waxay u qaatay inuu waalan yahay, ISMA OGA ADDUUN.

SHEEKAA KA DHALATEE...

Waa habeen la xusayey maalinta Burco-duurray ee Mujaahidka 17ka Oktober, xaflad ay soo qabanqaabisay shabakadda Halgan News ee ururisa taariikhda halganka oo lagu qabtay Hoteelka Imperial ee magaalada Hargeysa. Waxay ahayd munaasibad qiiro gooni ah huwan oo kulan siisay soomaalilandta casriga ah, xubno ka mid ahaa abbaanduulkii iyo dagaalyahankii Burco-duurray inta ka sii nool, iyo weliba qaar ka mid ah aasaasayaashii SNM.

Hadalku waa badnaa ninba erey uu meesha ku darsadoba. Anigu markan iyo munaasabaddan waxan ka mid ahaa dadweynaha lagu soo marti qaaday, meel badhtamaha ahna waan fadhiyey markuu istaagay wiil dhallinyaro ah oo sheegay inuu madasha ka tirinayo maanso uu munaasabadda ugu talo galay. Wuxu abwaanka da'da yari ka warramay sida ay ugu dhalatay curinta maansadaasi oo uu u bixiyey 'dib u celi xusuusaha'. Wuxu sheegay in maalin maalmaha ka mid ah uu akhriyey sheeko ku soo baxday wargeyska Jamhuuriya oo magaceedu ahaa 'xusuus mujaahid'. Marka halkaa uu sheekadii marinayo aniga laftayda waxay dib iigu celisay maalmihii aan sheekadaa qorayey iyo falcelintii tirada badnayd ee igaga soo noqday akhristayaashii kula kulmay wargeyska iyo degellada internetka.

Mar dambe abwaanka waannu kulmi doonnaaye habeenkan isaga iyo inta meesha fadhiday marka laga reebo dhowr qof oo asxaabtayda dhodhow ah may garanayn xidhiidhka naga dhexeeya aniga iyo sheekadan 'xusuus mujaahid'. Waxay uun ka mid ahayd sida aniga iyo qoraalladaydu aanu u kala madax bannaanahay ee midkaayaba gaar loo yaqaan.

*Maalinba sheekaa taagane ta aniga dareenkayga dib
u kicisay waxay ahayd maansada abwaanku goobta ka
mariyey.*

MA NINKAAN OGAA BAA!!

Sannadihii ugu horreeyey ee dalka lagu soo noqday, bilowgii sagaashanaadka, xilli barqo kulayl ah ayaan ku leexday mid ka mid ah makhaayadaha Hargeysa ee qaxwaha laga fuudo si aan koob shaaha oo aan kulaylka iskaga qaboojiyo uga cabbo. Waa xilli laga soo noqday xeryo qaxooti oo dadku waxba ma hayo, jeebaduhu way madhan yihiin, busaarad xun baa magaalada ka taagan oo xataa koobka shaaha ah la iskuma shubo.

Dalka shaqo ma jirto, wax dhaqaale ahna lalama soo gelin. Busaarad baa dadka indhuhu cas yihiin, ninkii abu-xaraara ahaa oo dhan wuu ku go'ay meesha, anigase balwaddayda ugu weyni waa shaaha, jeebkayguna wuu sii qoyan yahay oo maalmahaas uun baan ka soo laabtay magaalada Diridhaba oo laga diran jiray telefoonka lagula hadlayo qaraabada dibedda. Waxay ahayd halka ugu dhow ee laga diran karo telefoon dibedda lagula hadlo.
Woxogaagii halkaa la iigu soo diray oo kharashkaygii sii socod, soo socod iyo gacantii qaraabada iyo shixaadkii saaxiibbada laga jaray ayaan weli sii hayaa. Anaa ugu sandheer magaalada mar haddaan shaaha shubi karo. Waa sidii xaalku ahaa nin ogaa baa ogaaye. Kolkaan makhaayaddii oo dadku aad ugu badnaa ku baydhay baan tiigsaday daasad meesha taallay si aan ugu fadhiisto.
Kuraas lagu fadhiistaa ma jirin oo daasadaha caana-boodhuhu ka dhammaado ayaaba cidhiidhi ahaa oo aan la kala heli jirin. Daasad nin ka kacay baan ku tallaabsaday si aan gacanta ugu dhigo inta aan la iiga horrayn. Nin kale oo isna daasadda ku soo dhaqaaqay

baannu hal mar ku wada kulannay oo gacanta ku wada dhignay. Labada daraf baannu kala qabsannay. Ninkii baan kor u eegay isna wuu i soo eegay oo indhahayagaa isku dhacay. Daasaddii ayuu dhinaciisa sii daayey oo isagoo wax khajilaad iyo naxdin u egi ka muuqdaan dib u joogsaday. Halkii kamuu dhaqaaqin anna maan dhaqaaqin. Wax hadal ah ismaannu dhaafsan, labadayadaba filanwaa baa nagu dhacay. Midkaayana ka kale meesha kama filayn oo markii isugu kaaya dambaysay baa ahayd maalin mahadho leh, maalin muruqa laba suul ninba si la ahaa, maalin nin faraxsanaa ninna murugaysnaa.

Indhahaygii sida adag kuwiisa u hayey inta uu hayn waayey ayuu hoos u foorarsaday.
Intaan daasad kale oo laga kacay soo qaaday baan u dhiibay oo ku idhi 'ku fadhiiso.' Cabbaar buu hakaday oo malaha is yidhi ma dhaqaaqdaa!, ma carartaa!, ugu dambaynse waa uu aqbalay oo waannu is garab fadhiisannay. Laba shaah ah ayaan minqaxwigii uga yeedhay.
Anigaa calool adaygay oo hadalkii bilaaabay "Ma i garanaysaa?" baan weydiiyey. Warcelin gaaban buu "Haa" ku yidhi.

Waxa jirta mar aad kala garan weydo inaad doqon tahay iyo inaad fariid tahay. Marka dembiile ma-naxaan ah oo si xun beri kuu galay kuu soo gacan galo geesinnimada iyo fariidnimadu waxa ay tahay baa dad badani yidhaahdaan inaad ka yeesho sidii uu kaa yeelay. Dad kalena waxay yidhaadaan ragannimadu waxa ay ku jirtaa samirka iyo dulqaadka iyo adiga oo saamaxa cadowgaaga. Ta dambe ayaan qaatay oo hadday xataa doqonniimo tahay aan isku qanciyey in aan ku adkaysto. Waxa aan isku arkayey in aan ka gacan sarreeyo oo ka gudan karo waajibkayga oo ugu yaraan aan gaadhsiin karo intii uu i gaadhsiiyey haddaanan uga badinin. Waxanse doorbiday in aanan intaa u dhaafin oo Alle u samro. Inta aan lacagtii shaaha bixiyey baan sare joogsaday oo nabad gelyeeyey anigoo aan erey u dallicin.

Bal haddaan in yar milicsiga mahadhada awgeed cajaladda dib kuugu yera celiyo oo maalintii ninkaa isku kaaya dambaysay kuu sheego, waaban kuu sheegayaaye, waxay ahayd maalin aan laga sheekayn karin.

Waxan ahaa nin ganacsade ah oo dukaan yar ku haysta magaalada Hargeysa. Cidna dhibaato uma gaysan jirin oo afkayga iyo addinkayga dadku way ka nabad galeen.
Maalin ka mid ah maalmaha, aniga oo waa' sani ii baryey oo dukaankaygii yaraa ku Alle sugaya ayaa waxa ii soo galay niman dharcad ah oo ciidanka nabad sugidda ah. "Waxa lagaa doonayaa xerada ee dukaanka xir oo inna keen" bay yidhaahdeen.
Maxaa jira idhi dabeeto si jikaar ah baa la iigu warceliyey "Waxa jira waad ogtahaye soo bax waqtiga ha naga dhumine jaalle".
Baabuur baa la igu qaaday oo la i geeyey meel dhinacna xafiisyo ka ah, dhinacna dadka lagu caddibo. Waxa la i horgeeyey ninkii meesha haystay oo la yidhi 'taliye waa kan ninkii'.
Inta uu aad indhaha iigu gubay buu yidhi "Ma adigaa ninka la sheegayey?"
"Ninkee?" baan idhi aniga oo fajacsan. Iga dhab bay ahaydoo waxan ay sheegayaan iyo waxa la igu haysto midna ma garanayn, iyana iima ay sheegin.

"Kaagaas oo kalaa magaalada laga fadhiyi laayahay"
buu si dhiirranaan ah u yidhi.
"Taliye maxaan sameeyey?" baan idhi.
"Waliba ma annagaad na waydiinaysaa?"Intuu yidhi
buu kor iyo hoos indho naxarisi daran iigu eegay.
Haddii aad arki lahayd ninkaas kibirka ka
muuqda...haddii aad arki lahayd sida uu isku
qaadqaadayo!!!
"Taliye wax aan sameeyey garan maayee maxaa la igu
haystaa bal ii sheega, dee haddaan dambiile ahayna
maxkamadda ii gudbiya haddii kalena iska kay sii
daaya".
Inta uu istaagay ayuu sare ugu qayliyey, "Ha la xiro"
oo qol yar oo madow oo xagga dambe ku yiil la igu
tukhaantukhiyey.
Fiidkii baa la ii yimid oo inta beerka la ii jiifiyey laba
dible la ii xidhay oo garaacis naxariis darro ah la igu
bilaabay. Waxa goobta taagan oo amarka bixinaya
taliyihii oo kabihiisa buudhka ah madaxa iyo meel
walba igaga laadaya. Askarta ayuu canaananayaa oo
ciqaabta ku adkeeya leeyahay.

Dhib kasta oo ay ahaydba maanta waan ka noolahay oo
waa kan ninkii dhibkaa ii gaystay isaga oo
ismiskiininaya i hor fadhiya. Waa kan hadalkii ku
dhegay ee jiir bisadi qabatay noqday. Waa kan ninkii
arka ee aan hore u aqoon moodayo miskiin Alle ka
cabsi badan. Lama moodo nin weligii cid dhibaato u
geystay, cumaamad iyo macawis buu sitaa oo waxa aad
mooddaa wadaad cabsi Eebbe la ilmaynaya.

Gedgeddoonka waayuhu galabba waa cayne haddana
waa goor kale iyo goob kale.
Maanta wax adduun ah gacanta kuma hayo, berigaas
baaban dhaamay oo ahaa ganacsade heer dhexe ah, se

maanta ayaan ka farxad badanahay, waxa aan haystaa xorriyad buuxda sida aan isleeyahay. Haddaan gaajoodo waan ku qanacsanahay, meeshaan doono ayaan seexan karaa, saacaddaan doono ayaan socon karaa, fikirkayga si xor ah oo aan cabsi lahayn baan u dhiiban karaa. Intaas uun baan u soo dagaallamayey. Dagaalka kibir iima gayne, kadeed la i baday baa igu kallifay, waxa aan quuddarraynayaa in aan inta noloshayda ka hadhay xorriyad ku seexdo oo ku soo tooso. Hadday taasi ii hirgesho, baahi kasta oo aan qabo ma dareemi doono. Aadamaha oo dhanna sidaas baan la jecelahay.

Maanta waa maalin kale, maxaa si ah!!. waanigan makhaayadda hor fadhiya, faallaynaya waxa dalka ka socda. Dad aan tiro yarayn baa goobta jooga. Hareeraha ma eegayo, hoosna uma hadlayo sidii waayo qaar. Kalsooni buuxda ayaan qabaa, dadka goobta joogaana waa ila mid. Wixii cabsida iyo kala shakiga la odhan jiray mooyi meel ay mareen. Waa la murmaa, la kaftamaa oo dhallaaxda la isqaadaa, kadibna la kala tagaa tiiyoo aan waxba lasyku qabin oo laysku calool fayow yahay.

Kolkii sheekadii dhammaatay meeshii baan ka kacay, cabbaar kolkaan sii socday gaadhi ayaa garabkayga joogsaday, waxa ka soo degay laba nin. Waxa lagaa doonayaa xarunta dembi-baadhista ayey yidhaahdeen. Soo fuul gaadhiga bay raaciyeen. In aan fuulo waan ku qasbanaa. Wax su'aalo ah la ima weydiine wax la ii dhaadhiciyey xabsiga halkaas oo laba habeen kadib la ii sii gudbiyey maxkamadda. Tolow maxaa dhacay? Ma ogi.

Waanigan maxkamaddii dhex fadhiya. Dad badani meesha ma joogo marka laga reebo dhowr qof oo xigtadayda iyo asxaabtayda ah oo la yaabban waxa la igu soo xidhay. Ma garan karayaan waxa la igu soo xidhay, aniga qudhayda ayaan garanayn. Maxkammaddu mid caadi ah maaha, malaha waa mid ciidan, malaha waa mid xaafadeed, malaha waa mid sare sare, aniga qudhaydu garan maayo. Wax yar kadib waxa albaab xagga dambe ah ka soo galay nin aad loo ilaalinayo oo oo aan is idhi waa garsoorihii, ama kiis oogihii, ha ila yaabina sharciga maxkamadaha aad uma aqaane. Waa loo sare kacay, ma hubo in shan daqiiqo loo aamusay iyo inkale haseyeehsaa marka horeba cidi ma hadlayn. Waxa uu bilaabay hadalkii. Waa nin dhiirran oo firfircoon… waanigaa indhaha ku dhuftay, qac.. Alla waan garanayaa!! isna indhaha igu dhufay oo i garay.. wax uu yeelise mooyi… haddii darraad uu ahaa sarkaal sare oo aniga xilligii faqashta jeelka igu dhabar garaacay… shalayna markii aan dalka xoreeyey aan kula kulmay makhaayad horteed isaga oo miskiin ah oo aan koob shaaha u shubay.. dambigaan u haystayna ka saamaxay, maanta garan maayo waxa uu yeeli doono… Waanigan hortiisa jooga..waa tan awooddii markale gacantiisa ku wareegtay.

Inkastoo aan maxbuus ahay, maxkamad horteed fadhiyo, nin aannu waayo isla soo go'nay guddoominayo, cabsidii waayo qaar ima hayso, isagase ma ogi in dhiirranaantii iyo geesinimadii waayo qaar uu leeyahay. Waxa aan eegayaa waxa uu yeelo.

Waa ninkii laftiisa.. waagii hore iyo waaganba anigu waxan ahaa dulmane isaguna daallin… anigu dambiga la iga galo waan saamaxayey, isaguse dambigaba isagaa abuurayey.. qof aan dambiba gelin buu dakharka la dhacayeye tolow ka dambi galana muxuu ka yeelayey!!…maalintii daasadda labadayada gacmood ku kulmeen ee uu naxdin gariiray, anna aan koobka shaaha ah u shubay, maanta ayaa araggti iskugu kaaya xigta.

Waayuhu mar walba ma wuxu la jiraa dambiilaha oo ka jiraa dulmanaha?.. mise tolow wuu u seeto dheereeyaa oo shallaay!!!shallaay!!! wuu dambeeyaa, qoomamo way dambaysaa…yaah…yaaah..!!!

FALCELISKA AKHRISTAHA

1.

Xasan,

Runtii maqaalka "ma ninkaan ogaa" aad baad si farshaxanimo leh u xaradhey ,magacana ugu xulatey waxaanu ku fiican yahay in silsilad laga dhigo oo qof waliba ku daro waayo dad badan bay tan oo kale haysataa maanta ama soo marteyba. Hase yeeshee waxaad moodaa in qoraalka laga dareemayo inay ka maqan yihiin jawaabihii su'aalahan:

-Ninkani xilkuu hayey xadhigaagii hore, siduuse isagu uga qayb qaatey?

-Inteed xidhneyd, sideese laguu soo daayey?

-Ma maalintaasaa kuugu horeysay mise aqoon horaad isku laheydeen?

Ka dib markii dalka lagu soo noqdey:

-Maalintaa maqaaxida ka dib ma kulanteen?

-Xadhigaagan danbe siduu ugu lug lahaa ?

-Xilkiisa iminka waa maxey?

-Kolay magacu waa sumadee maad sheegin?

Runtii qoraalkani sidan horeba kuugu sheegay inuu silsilad noqdo buu ku fiican yahay,waxaa sidan oo kale ka dhacdey maqaal aanu beri u bixiney xasuuqii

*ummada oo degalada aduunka qoraalo sida roob
hogol ah noogu soo shubmeen?*

Fu,aad

2.
RE:'Ma ninkaan ogaa baa! 1983, 1992 2007' Qiso La
Yaab Leh Oo Dadka Iyo Dalka Somaliland Ka
Tarjumaysa
Salaan Islaam Xasan,

*Waad ku mahadsan tahay sidaad noola wadaagtay
sheekadaada, laakiin fadlan bal isweydii waxa ninkan
"faqashta" ahaan jiray shaqadiisii ugu soo noqday.*

*Dadka noocaas ahi asturaada ma yaqaanaan,
adiguna waad u qarisay oo "secret" baad ka dhigatay.
Waxaad ogaataa inay kumanaan qof oo adigoo kale uu
ninkaasi taabanayo inta aad u qarinayso "secret"ka.
Xitaa qoraalkaaga dib u eeg sidaad uga xishoonayso
magaciisa.*

Iyagu miyeey xishoodaan?

*Fadlan dambiga & dulmiga uu qofkani u geysanayo
dadka hu ka qayb qaadan.*

Ilaah baa mahad leh & mahad sanid,
Muqtar

3.
*Salamu Calaykum walaal Xasan C. Madar
Sheekadu waa sheeko yaab leh. Dersiga ay na
siinayso, weliba haddii aan Soomaali wada nahay,
waa mid laba-afle ah.
Afka hore, waxa ay na baraysaa in samirka ka
wanaagsan yahay aargoosiga. Daasaddii iyo*

shaahigii aad ku martiqaadday, cidda keliya oo ay ka suurtageli kartaa waa qof Diin leh. Xusuuso Nebi Yuusuf (cs)iyo walaalihiis--ceel bay kaga tageen, sow ma ahayn? Ka ma uu aargoosanin goortii ay u soo gacangaleen; bal se, midkood ba inta uu gaaddasaaray, si tartiib ahayd na dhegtiisa ugu yidhi: "Anigu Yuusuf baan ahay, anigu walaalkaa baan ahay!" Haddii se, aad middi ku jarjari lahayd na, cidi uma baroordiiqdeen!

Afka kale, waa wax laga cadhoodo in dembiileyaashii carrada rogay ay misana, ma ahan shaqo kale xitaa, bal se ay taliski iyo Garsoodhkii Ummadda Somaliland, markale, isla iyagii uu gacanta u galo! Waa wax laga murugoodo.

Su'aal ::: Sheekadan ma halabuur bay ahayd, mise halabuur sheeko run ahayd lagu saleeyay? Labaddaraadle, waa qiso dareenkayga si weyn u dhaqaajisay.

Mudane salaan diirran markale iga guddoon. Mahadsanid.

Eebbe ayaa Mahad Leh

A.Yusuf

TANNA WAA DHARAAR KALE

Weli waa Hargeysa, waa casar liiq, waxan xagga bari u lugaynayaa waddada badhtamaha Hargeysa. Markaan hormarayo sekedda ina Xasan Rakuub ayaannu kulannay Kayse oo ah wiil dhallinyaro oo inta uu jiray iyo inta uu hayaa kala badan yihiin. Su'aal ka dhalatay sheeko maalmahaa soo baxday oo magaceedu ahaa 'Ma Ninkaan Ogaabaa', ayuu Kayse igula soo booday, " Waaryaahee maxaad u qarisay ninka magaciisa?"

Waan gartay ninka uu sheegayey oo ahaa ka sheekadu ku socotay? Warcelintu waabay igu adkayde intaan ereyba iga soo bixin buu isagu isu jawaabay oo yidhi, " Laakiin maxaan kugu haystaa annaba kuwii wax la ogyahay sameeyey baannu iska dhaafnee, kii dadka soo ururiyey ee ku kaadshay kibir dartii baa markuu noo soo gacan galay iska dhaafnee."

"Oo muxuu ahaa kaasi?", baan idhi annaga oo socodkii hore isula sii jaan qaadnay.

Wuxu yidhi isaga oo aad dareemayso in wejigiisa isbeddel ku yimid, "Wuxu ahaa nin sarkaal ah, saddex xiddigle, xooggii dalka soomaaliyeed, haddii si kale loo sheegana sarkaal ka tirsan ciidankii dahargoynta la magac baxay ee taliskii maxamed siyaad barre."

"Oo muxuu sameeyey?" baan weydiiyey.

"Intuu dadkii soo ururiyey oo hortooda baaldi ku kaadshey buu ku rusheeyey, ninkaasi nagu kaadshayba waannu iska saamaxnee maxaan adiga oo sheeko qoray kugu haystaa?" buu yidhi.

"Oo hadda ninkaasi ma nool yahay? Xagguuse joogaa?" baan weydiiyey anigoo si weyn u danaynaya wax ka ogaanshaha ninkaas.

"Wuu nool yahay, wuxu joogaa magaaladan Hargeysa, waa wadaad tabliiqi ah oo cumaamad yari

madaxa ugu duuban tahay, lug buu ka laangadheeyaa uu ka naafoobay beri dambe oo loo galay buundada Caabudla ee galbeedka Hargeysa oo lagu gubay gaadhigii uu saarnaa" buu iigu warceliyey.Markay intaasi afkiisa ka soo baxday oo aannu marayno meel ku aaddan saldhigga dhexe ee booliska Hargeysa, ka soo horjeedka kaalinta shidaalka ee Cali mataan, qiyaastii boqol tallaabo soconnay, ayuu Kayse la soo booday, " Waaba kan ninkii, waaba kan..."

Eegay, sii eegay, aad u eegay...eegmada la raacay...mise waa wadaad yar oo miskiin ah, laangadhaynaya, khamiis cad xidhan, cumaamad yari dhakada ugu duuban tahay...

Ma miskiinkan...ma kan...qaadan waa bay igu noqotay...waar malaha kani waxba idin ma yeelin baan hoos iska idhi...

Waan ku dhaaran lahaa inaan miskiinkani waxba samayn haddanan hore u soo marin waaya aragnimada ninkii sheekada hore ku jiray oo isaguba markaad aragto sidan u miskiinsanaa.

Kayse oo dhoollo caddaynaya oo aad mooddo inuu qalbigayga iyo waxaan ku fikirayo daalacday baa yidhi, " Ma kii aad ka sheekaynaysay buu ka miskiinsan yahay..sowdigii adba ka sheekeeyey ku miskiin ah oo aad daasadda caanaboodha isku qabsateen...sowdigii iska saamaxay markaad miskiinnimadiisa aragtay., ee weliba shaaha u shubay?'

Yaabay, amakaagay, ma tii baa tanna iigu biirtay? dadku ma jirjirroolaa? Mar ba ma si bay iska dhigi karaan, maxaa isu ekaysiiyey muuminka iyo munaafaqa!... sowtii la lahaa shaydaanku Bisadaha iyo Eyda madmadow buu isu soo ekaysiiya, dadkana miyuu isu soo ekaysiiyaa, miyuu isa soo miskiinin karaa, mise ninkani iyo kuwo la midka ahiba sidanay iska dhigaan markay dadka ku dhex dhuumanayaan ee hadoodilayaan waxay hore u sameeyeen...

Yaanan dambaabin, qalbigiisa ma ogi, toobadda Eebbena addoomihiisa way u furan tahee...hadday ka daacad tahay sidaasuu ku socon, haddii kalena berriba hadduu fursaddeeda helo wuu xidhan dhoollihii iyo dabadii dheerayd ee abwaanku sheegayey oo wuu dhillin dharka aadmiga u eg.

Waxa la yaab lahaa falceliskii sheekadaa hore igaga soo noqday, waxa laga arkayey sida aragtida dadku u kala duwan tahay...anigu ninka waan saamaxay...dadka qaar way igu raaceen in saamaxaaddu tahay waxa ugu wanaagsan, qaarkood waxay dhaheen maaha in la saamaxo dambiilaha, waxay dhaheen dambiiluhu caqli ma leh oo marka laga jari waayo wuxuu sameeyey wuxu u qaataa inaan dadku waxba garanayn oo halkii buu ka wadaa marka fursad tii oo kale ihi soo marto.

Si kastaba ha ahaatee xaalku waa Isma Oga Adduun.

QOLKA HURDADA

Waxa uu soo galay goor barqo ah xafiiskii shirkadda halkaas oo uu isku kala bixiyey kursi ballaadhan oo ka dambeeya miis qurxoon oo ay dhanka kale kaga xeeran yihiin kuraas faalal ah oo martida loogu talo galay. Waa kursi qofka caadiga ahi ku dhex libdho, isagase aad mooddo inuu u baahan yahay mid ka sii ballaadhan. Waxa uu la ballansan yahay hebel iyo hebello ay ka dhexeeyaan dano adduunyo iyo hawlo ganacsi. Waa hebello xidhan cumaamado iyo koofiyado iyo macawiso qaali ah, gacan qabsiga bakooraduhuna dhammaystiro xarragadooda iyo qabkooda, iyo hebello kale oo ku labbisan suudh iyo qoor-xidh, gacanta bidixna ku sita faylal ama shandado ay ka buuxaan waraaqo ku dhex casaaday. Shaaha iyo bunkuba waa ku sii diyaar miiska, waxase uu aad u jecel yahay macmacaanka oo si gaar ah u xusuusiya beriguu garaabada jaadka iyo sonkorta isku qaadan jiray. Inta uu muusoodo buu niyadda ka yidhaa, *taasina dharaar bay ahay!*.
Inta uu sugayo kuwa soo socda ee maanta uu xilliyo kala duwan la kulmayo si uu ugala xaajoodo arrimo door ah, talo iyo tilmaan uga qaato, heshiis iyo hawlo adduunna ula galo waxa maskaxdiisu ku maqan tahay qolkiisii hurdada. Maanta rag buu ballan iyo hawl la gelayaa, qawl baa ka dhacaya, waxase uu ka walaacsan yahay sida qolkaasi u beddeli doono go'aan kasta oo wax ku ool ah oo uu qaato. Xilliyo badan qolka waa uu u aayey oo talo lagu liibaanay buu ka helay, waqtiyo kalena sharaf dhac iyo ceeb buu kala hulleelay.

Muxuu qolkaasi kaga duwan yahay qolalka kale ee guriga, ma alaabta taal mise dadka gala?Mise sida uu u yaal?

Kollay hadba cidda gasha ayuu ku xidhan yahay sida uu u yaal qolkani. Haddii wiil soolane ahi galo muuqaalka gurigu waa mid is dhexyaal, waxana lagu gartaa dhar aad u uskagaystay oo meelahaas katabaanka ama sariirta si qaab daran u saaran, kabo irridda agteeda quban iyo shiraabbaaddo cidhibta ka daloola oo dhidid badani ka soo urayo oo markaad soo gashaba sanka lagugu dhufanayo oo hindhiso indhuhu kula casaanayaan, haseyeeshee wiilasha oo dhammi ma wada aha sidan, qaarkood waxa ay qolka ka dhigaan mid habaysan oo nadaafad leh.

Haddii isla qolkan ay galaan hablo waxa marka u horraysa ee aad soo gashaba isha ku dhufanaysaa sida ay sheegeen dadka cagta ku badiyaa shalmado iyo duruuc meelahaa ka lusha, walxaha la isku qurxiyo ee ciddiyaha, debnaha iyo qaybaha kale ee jidhka lagu dhabooqo ama la mariyo, xagga nadaafaddana wuu habaysan yahay oo waxa ka soo kankama udug iyo caraf sanka lala sii raaco oo qofka booqashada u yimid sii jeclaanayo inuu ku sii negaado.

Haddaba maxaa qolalkani kaga duwan yahay qolalka kale?Maxaa dadka dhex deggani ku soo kordhinayaan nolosha dadka kale iyo dunida guud ahaan?

Kani waa qolka rasmiyan loogu yeedho qolka hurdada illayn qolalkaas kale inkasta oo la seexdo lama yidhaa qolka hurdada balse waxa la yidhaa qolka wiilasha, qolka hablaha, qolka carruurta, qolka martida, qolka fadhiga, qolka cuntada, iwm.

Qolkan isaga waxa la yidhaa waa qolka hurdada, hadda dad uun baa seexdee ogow- haseyeeshee waa dadka xambaarsan xilka guriga. Hadda waa dad uun, mar waa aabbe iyo hooyo, mar waa oday iyo islaan, mar waa madaxweyne iyo marwadiis, marna magacyo kale ayey qaadan karaan.

Qolka hurdada, qolka lammaanaha qoyska hoggaamiyaa deggan yihiin inkasta oo uu yahay qol qolalka u eg, dad dadka u egina galaan, haddana waa uu ka geddisan yahay qolalka kale, waanu kaga saamayn badan yahay nolosha heer qoys ilaa heer caalami. Qolku mar waxa uu noqon karaa cariish, sandaqad ama buul caws, marna waxa uu noqon karaa daar ama qasri; jaad kasta oo uu yahayba alaabta dhex taal waa mid isku ujeeddo fulinaysa, waa caw ama sariir, waa kartoon ama tawaleed, waa marmar ama shamac, waa faynuus ama laydh, waxa dhex oolli kara joogag, caagado, baco amase muraayado, shandado, iyo kabadho. Weli sidaa ay tahay ee qaab dhismeedkiisu u kala duwan yahay haddana dadka galaa saamayntooda mar walba way leeyihiin heer kastaba.

Waa qolkaas qolka dunida laga hago ee ka dhiga meel badhaadhe iyo nabad loogu noolaado ama colaad iyo qaxooti iyo hoog loogu balanbalo. Waa qolkaas qolka beddala ninka ragga ah ee marka xafiiskiisa lagu soo booqdo ay adag tahay sida lagu arko, askarta badani daba yaacayso ee ay dhegaha kaa cunayso ama qoriga dabadiisa kula dhacayso marka aad ku soo dhowaato ama ereyo aan loo bogin afkaaga ka soo baxaan waa haddiiba aad ka badbaado xabbada dhuunta qoriga lagu soo diyaariyey.

Nin kasta oo la ilaaliyo oo ciidan hubaysani daba cararo oo baabuur hub-ma-karaan ah iyo kaamarado lagu ilaaliyo waxa uu qolkaas ku galaa kabo la'aan, ilaalo la'aan...

Waa qolkaas qolka beddela go'aammadii uu qaatay geesigaas nin karmeedka ah ee marka xafiiskiisa la joogo codkarka ah ee libaaxnimadu ka muuqato. Qolkaas weeye qolka beddela ballamihii uu galo gebi-ismoodku marka uu xafiiska awoodda badan ee shirkadda fadhiyo ama kuuliga uu foormaanka u yahay hor taagan yahay.

Qolkaas shirar kuma galo oo waa qolkii hurdada, haddana waxa uu ku galaa shirka ugu waqtiga dheer, shir aan saacado go'an lahayn, aan waqtigiisa la dareemayn, inta uu doono socon kara, aan la rumaysnayn in uu shir yahay, ajendihiisu aanu qornayn haddana awaamiirta ka soo baxdaa fulayso; shirkaas cidda keliya ee nin karmeedka ku wehelisaa waxa ay noqon kartaa cid aan la aqoon, aan muuqan, bulshadu garanayn, mararka qaarna aan xataa xaafadaha jaarku aqoon u lahayn, muuq ahaanna arag. Waa cid ka mid ah cidaha magaalada dhex mushaaxaya, dukaamada iyo saribadaha ka adeeganaya, baabuurta dadweynaha ama kuwa gaarka ah saaran.
Shirarka qolkaas ka dhaca ayaa lagu beddelaa go'aammadii lagu soo qaatay xafiisyada, go'aammadii loo fadhiyey fulintooda ee loo bandhigay dad, dal iyo dunidaba; qolkaas baa lagu buriyaa heshiisyadii lala soo galay cid kasta oo saamayn lahayd; halkaas baa lagu tirtiraa oo waxba kama jiraan laga dhigaa, aroortana weji aan kii la ogaa ahayn baa lala gole yimaad.
Qolkaas waxa laga soo bixiyaa awaamiir culus iyo go'aammo waaweyn. Go'aammadaasi waxa ay noqon karaan kuwo wanaagsan oo dad iyo duunyoba loo aayo, kuwo dunida wax tara oo diinta, nolosha, nabadda iyo dhaqaalahaba kaaba; kuwo loo aayo oo

lagu intifaaco; dhinaca kale waxa ay noqon karaan
kuwo lagu halaagmo oo dad iyo duunyoba baabi'ya,
kuwo dunida dhinaca kale u roga oo lagu hanqaarmo;
kuwo colaad, isnac iyo sas beera; kuwo gardarro iyo
xad-gudub keena,kuwo noolaha badda iyo ka berrigaba
saameeya;   kuwo Naabaal iyo Nukliyeer dunida ku
halliga.

Waa qolkaas qolka ninka ragga ah nin rag ah ka dhiga,
nacaska nin rag ah ka dhiga, nacaska sii nacaseeya,
ninka ragga ahna nacas liita ka dhiga. Qolkaas sida
looga nool yahay baa la jecel yahay in dunida looga
noolaado.

Ninkii odayga ahaa inta uu xusuustii ka soo miiraabay
ayuu si firka naxsan u yidhi:

Allahayow qolkaa
Qolka nooga yeel
Qol negaadi iyo
Qabow iyo nimciyo
Talo qiimeliyo
Qiyam lagu heloo
Aan qaxar lahayn
Qumbulaa durriyo
Naabaal qarxiyo
Qalalaase iyo
Hoog lagu qorshayn

HAYAANKII DAWLADNIMO

Boqor Guhaad wuxu dhul ballaadhan ku lahaa qaarad ay sahamiyeen badmareenadiisu muddo dheer ka hor. Wuxu doonayey in qaar dadkiisa ka mid ah uu dejiyo si ay uga samaystaan dawlad oo ganacsina ula yeeshaan adduunka kale. Boqorku wuxu dhul weyn ka siiyey qaaraddan cusub saaxiibkii Oogle. Wuxu boqorku doonayey in dad la dejiyo dhulkan cusub oo mustacmarad laga bilaabo. Boqorku wuxu oogle siiyey awood uu ku xukumo dhulkan cusub isagoo uga wakiil ah.

Oogle wuxu weydiistey dadkii reer Malkoland inay u raacaan dhulkan cusub. Dad badan oo qaar saxiibadii yihiin ayaa doonayey inay raacaan. Waxay doonayeen inay halkaa tagaan si ay wax soo saar iyo ganacsi uga bilaabaan oo ay adduun uga helaan. Dadka qaar maadaama aanay dhul halkan Malkoland ku lahayn waxay doonayeen in qaaraddaa cusub dhul jaban ka helaan oo ay guryo ka dhistaan beerona ka qotaan. Dadka qaar boqorka ayaa ku qasbay inay halkaa tagaan sababtoo ah waxay ahaayeen qaswadayaal dambiyo ka galay halkan oo boqorku wuxu doonayey inuu kaga takhaluso oo iska fogeeyo.

Markab sida dadkii qaaradda cusub tegeyey ayaa ka amba baxay Malkoland. Oogle ayaa hoggaaminayey oo madax u ahaa dadkaa safarka dheer kaga gudbayey badweynta. Hadalkiisa ama ereyadiisa ayaa sharci ahaa. Waxa la rumaysnaa inuu ka da'weyn yahay oo ka garaad sarreeyo dadka badankiisa, isagoo horena uga mid ahaa hoggaamiyayaasha Malkoland.

Marka dadku is khilaafo isagaa garsoore u ahaa oo sheegi jiray cidda gardaran iyo cidda saxda ah,isagaa ciqaabta u goyn jiray qofka qaynuunka jebiya.

Dadka qaar may jeclayn waxyaabahaa Oogle samaynayey wuxuse ahaa hoggaamiyahooda oo dadka kale midkoodna hore uma noqon hoggaamiye, midkoodna hore uma dejin qaanuun, midkoodna hore uma noqon garsoore. Xataa lama siin jirin fursad ay wax kaga fikiraan, fikirkooda oo dhanna waxa u samayn jiray Oogle ama boqorka. Ilaa carruurnimadoodii dadka waxa loo sheegi jiray uun inay hawlahooda ku toosaan oo noqodaan dad masuul ah. Inay masuul noqdaanna macnaheedu wuxu mar walba ahaa inay madaxdooda adeecaan oo u muujiyaan tixgelin. Waxay ogaayeen haddaanay yeelin sidaa la faray in la ciqaabi doono.

****

Bilo ayaa ka soo gudbay markii markabka yari uu u shiraacday badweynta kacsan.Rakaabku way daallanaayeen, qaarkoodna way xanuunsanayeen. Waxay aad u rabeen inay dhakhso u gaadhaan dhulka cusub. Oogle wuxu u sheegay inaanu dhulku ka fogayn.

Bishii saddexaad ee ay ku jireen safarka badda ayaa waxa dhacay arrin dhibaato leh. Duufaan weyn baa kacday oo markabkii xagga iyo xagga u tuurtay, mawjadihii ayaa sagxaddii dillaaciyey, badmaaxiintii ayaa xagga iyo xagga u yaacay si ay markabka u badbaadiyaan. Oogle wuxu istaagay sagxaddii markabka oo amarro ku dhawaaqay. Kadib mawjad weyn baa markabkii ku soo jabtay. Markay biyihii baxeenna, Oogleba meesha ma joogo. Waxa la tagtay mawjaddii.

Qof kastaa wuxu si naxdin leh u eegay sagxaddii oo madhan. Waxay dareemeen in wax waliba ka lumeen. Oogle wuxu ahaa hoggaamiyaha keliya ee markabka saaran. Isaga ayaa dadka u sheegi jiray waxa la qabanayo, xagga loo socdo , waxa saxda ah iyo waxa qaldan. Isaga ayaa bixin jiray amarrada oo dhan. Haddaba yaa immika ku hoggaamin markabka duufaantan halista badan dhexdeeda?

Markabkii faraha wuu ka baxay. Dadkii dhan walba wuu u yaacay iyagoon garanayn waxay sameeyaan. Muran iyo dagaal baa ka dhex qarxay dadkii. Argagax baa ku habsaday.
" Waar xadhigga qabo" ayuu mid ku dhawaaqay.
  "Maye adigu qabo" mid kalaa yidhi."Alla waad igu joogsatay".
"Shukaanta qabo"
"Shiraaca jiid!!"
"Shiraaca sii daa!!"
"Way innoo dhammaatay!!"
"Waar bal si uun wax dhaha"

Laba gacmood oo xoog waawayn ayaa qabtay shukaantii markabka.
Seed ayaa markabkii ku duway marinkiisii. Wuxu ahaa ka ugu xoogweyn rakaabka markabka. Muu ahayn nin aad u caqli badan laakiin si dhakhso ah ayuu u hawl galay oo markabkii u badbaadiyey.
"Allah ha ku barakeeyo, Seedow." Ayaa dadkii oo dhammi ku dhawaaqay.
"Waa nin hawl kar ah"
"Nafteennii buu badbaadiyey."
"Waa hoggaamiyeheenna cusub." Ayey dhammaantood ku dhawaaqeen.

Markay duufaantii istaagtay dadkii oo mahadnaqaya ayaa go'aansaday inay xaflad u qabtaan ninkan badbaadiyey. Wuxu ahaa halyeygoodii.Waxay siiyeen surwaalkii iyo Koofiyaddii hoggaamiyahoodii duufaanta ku dhintay ee Oogle. Waxay u sheegeen in immika laga bilaabo uu yahay hoggaamiyahoodii. Waxay dareemeen in nin sidaa u xoogweyn,u geesisan oo sidaa degdegga ah u hawl geli kara marka xaaladaha halista uu noqon karo hoggaamiye garaad badan. Run ahaanna Seed markuu xidhay surwaalkii Oogle ee uu Koofiyaddiina madaxa gashaday wuxu u ekaa hoggaamiye garaad badan.

Wixii ugu horreeyey ee Seed u sheegay dadka waxay ahayd in qof waliba ku laabto meeshiisii. Wuxu u sheegay inay qabtaan waxay qaban jireen markuu Oogle noolaa. Markabkii si deggan buu u shiraacday laakiin hal wax baa qaldanaa. Seed muu garanayn meel loo socdo.

Seed wuxu arki jiray uun Oogle oo markabka wada laakiin waligii cidina uma sheegin siduu u garan lahaa meesha loo socdo badweynta dhexdeeda.

Markabkii maalmo badan buu socday, dadkiina wuu daalay. Waxay filayeen inay dhulkii gaadhaan mar horeba. Qaarkood waxay bilaabeen inay hoosta ka gunuunucaan, waxay xasuusnaayeen in mar hore Oogle u sheegay inay dhulkii ku dhow yihiin, immikase maalmo badan bay badweynta ku jireen wax dhul ahina ma soo muuqdo. Qaar ka mid ahi waxay bilaabeen inay ka shakiyaan in Seed u garaad badan yahay sidii Oogle, qaarkoodna waxay ka shakiyeen in Seed u garaad badan yahay siday moodayeen.

Seed wuxu maqlay xanshaashaqooda waxanu soo saaray qaynuun odhanaya," Hadalku wuu reebban yahay markabka dhexdiisa. Aniga ayaa ah hoggaamiyahiinnii, aniga ayaa garanaya meesha aynu u soconno, waa inaad i aamintaan."

Kadib dhawaaq ayaa ka soo yeedhay dhinacii dadka, "Alla waa dhulkii!!!".

" Sow ma aragtaan" ayuu yidhi Seed,"Maxaan idiin sheegayey, waa kaa dhulkeennii."

Dadkii waxay ku urureen markabka dhinacyadiisa. Waxayka arkeen wax qaab madow xagga shishe ee badda, " waa gurigeennii, dhulkii cusbaa, dhakhso innoo kaxee Seedow".

" Eeg, barafka buuraha dushooda." Ayuu mid ku dhawaaqay.

" Alla meeshu qurux badanaa" ayuu mid kale ku dhawaaqay.

"" Maaha, waa Jabal" ayuu ku kale ku dhawaaqay.

" Waa maxay baad tidhi?"ayaa dadkii weydiiyey.

"Waa Jabal, waa buur" buu yidhi.

Markii markabkii ku dhowaaday qof walba way u caddaatay in dhulka cusub ee hoggaamiyahoodii keenay aanu dhul ahayne yahay buur badweynta dhexdeeda ah.

" Waa buur wanaagsane kaalaya degnee oo eegnee. Waxan u malaynayaa inay tahay buuraha ugu wanaagsan badweynta dhexdeeda". Ayuu yidhi Seed.

Qayb cadhaysan oo dadkii ka mid ah ayaa ku degay buurtii si ay u sahamiyaan. Waxay bilaabeen inay hoos u faqaan.

"Sidaynu wax uga beeran karnaa dusheeda?"

" Halkani woxogaa ciid ah bay leedahay" buu yidhi Seed.

" Maxaynu guryo ka dhisannaa?"

" Godad la geli karo ayey buurtu leedahay, guryaha dhagxaanta ahina aad bay u wanaagsan yihiin" ayuu yidhi Seed.

Dadkii hoos bay u faqeen markaasuu Seed yidhi, "Waxa faq ahi ma jiro, sharcigay ka soo horjeeddaa"

" Kaalay Seed, kaalay halkan oo godkan eeg" bay dadkii ku yidhaahdeen.

"Halkaa hoose eeg " bay ku yidhaahdeen markuu soo dhowaaday.

" Hoosta eeg inta badda gunteedu tahay" bay ku yidhaahdeen.

Intay gacmaha qabteen oo surwaalkii Oogle ka siibeen bay qarkii ka tuureen oo badda ku shalwiyeen. Waxay ku yidhaadeen, ”Badda ka soo eeg Oogle oo weydii halka dhulkeennii yahay."

****

Markabkii wuu ka sii shiraacday buurtii lagu halligay Seed. Dadka qaar arrintaa way ka yera xumaadeen waayo wuxu ahaa geesi xoog badan. Dadka qaar waxay dareemayeen in arrinta cadho uun ka keentay ee aanay si caddaalad ah ula dhaqmin Seed. Ugu dambayn waxay ka fikireen inay macquul tahay in hoggaamiyuhu mararka qaarkood qaldami karo.

Waxa immika mushkilad ku ahayd siday u dooran lahaayeen hoggaamiye cusub. Waxay isla garteen in faraqa u dhexeeyey Oogle iyo Seed uu ahaa in Oogle ahaa nin weyn oo oday ah, Seedna ahaa nin yar oo dhallinyaro ah. Waxay dareemayeen siday ugu darsadeen hoggaamiyahoodii Oogle oo ay u arkayeen inuu ka badbaadin kari lahaa halistan badweynta. Dhowr ka mid ahaa raggii waaweynaa ayaa isa soo qadimay," Annagaa idinka waaweyn oo garanayna wax dadkiinnan yaryari aydaan garanayn" bay yidhaahdeen.

"Anigu Oogle saaxiibkii baan ahaa" buu mid yidhi.

"Aniguna sidoo kale" buu ku kale yidhi.

"Waxaynu u baahanahay wax ka badan hal hoggaamiye" ayey yidhaahdeen. "Waxanu go'aansannay in nimankayagan waaweyni idin xukunno. Annaga ayaa arrimaha si wadajir ah u maamuli doonna oo sharci idiin samayn doona. Idinka waxa la idiinka baahanyahay inaad masuul noqotaan oo na adeecdaan." Arrintiina sidaasay u dhacday.

Odayadii waxay markabkii ku jiheeyeen xagga cadceed dhaca, markiibana waxay arkeen dhulkii. Markan meeshu waxay ahayd qaaraddii cusbayd laakiin may garanayn inay ku soo hagaageen meeshii saxda ahayd iyo in kale. Waxay raaceen xeebta ilaa ay heleen meel ay u arkeen in la degi karo. Waxay ahayd meel qurux badan oo leh dhul ku filan dadka oo dhan.waxay lahayd meel ku habboon beerashada, dhir laga dhisan karo guryo iyo webi leh biyo wanaagsan oo macaan. Kaymahana waxa ka buuxday ugaadh iyo xayawaan la ugaadhsan karo.

Isla markii dadkii degay meesha ayey bilaabmeen dhibaatooyin hor lihi. Hoggaamiyayashaashii waxay bilaabeen inay qaybsadaan dhulkii ugu wanaagsanaa, badhna saaxiibadood siiyaan. Qaar badan oo ka mida dadkii waxay ogaadeen in dhulka lagu suququliyey oo la dejiyey meel ka fog halka la degay. Qaarkood waxaba la dejiyey meelo dhagxaan miidhan ah. Waxay bilaabeen cabasho.

" Joojiya cabashada, hoggaamiyayaashiinnii baanu nahay, hadalkayaga ayaa sharci ah. Xaq uma lihidin inaad noo sheegtaan sida loo maamulayo dalka. Shaqadiinnu waa inaad raacdaan amarkayaga oo adeecdaan sharciga, haddaad diiddaanna ciqaab baad la kulmaysaan." sidaa waxa yidhi hoggaamiyayaashii.

Qaar badan oo dadkii ka mid ahi may jeclaysan waxa hoggaamiyayaashoodu leeyihiin. Arrimuhu aad bay u xumaayeen markay lahaayeen hoggaamiye keliya. Immika waxay leeyihiin koox hoggaan ah oo si caddaalad darro ah ula dhaqmaya. Waxay ka cadhoodeen in xataa xorriyatul qawlkoodii la cabudhiyey. Si hoos ah ayey dad badani cabashadii isugu gudbiyeen. Qaar waxay yidhaahdeen waa inaynu hoggaamiyayaasha iska ridnaa oo aynaan yeelan wax hoggaamiye ahba.

Sannad baa gudbay. Odayaashu waxay wax u xukumayeen sidii Oogle. Dadkii waxay dhisteen guryahoodii, waxay qoteen beerahoodii, waxanay ku wada noolaayeen nabad. Laakiin dhammaantood kumay faraxsanayn sida hoggaamiyayaashoodu u dhaqmayaan. Qaarkood aad bay u cadhaysnaayeen.

Bil walba hoggaamiyayaashu waxay dadka ka ururinayeen cashuur, hawlo badan oo kalena way u dirayeen. Hoggaamiyayaashu waxay cashuurta ku bixin jireen hawsha ay dalka u hayaan. Dhammaadkii sannadka koowaad hoggaamiyayaashii waxay go'aansadeen inay dadka ka ururiyaan cashuur Taallo iyo barxad xusuus ah loogu dhiso Oogle xeebta halkii markabku ku soo xidhay. Dadkii waxay la oogsadeen cabasho. Qaar waxay dareemeen in cashuurtu ku badantahay. Qaar waxay doonayeen inay xoog ku tabarucaan ee aanay cashuur bixin intii dad kale lacagta ay qaadan lahaayeen. Dadku way jeclaayeen hoggaamiyahoodii Oogle oo way doonayeen in Taallo loo dhiso laakiin waxay isku khilaafsanaayeen meesha laga dhisayo.

" Waxanu go'aansanay " bay yidhaahdeen hoggamiyayaashii,"in Taallada laga dhiso halkii markabku ku soo xidhay. Waa inaad ka dhistaan Taallada halkaanu idiin sheegno. Qof kastaa waa inuu laba toddobaad ka shaqeeyaa. Maxaa idinka khuseeya sida dalka loo maamulayo?"

****

Habdhaqankii hoggaamiyayaashu wuxu ka cadhaysiiyey dadka badankiisii. Dadku ma jeclayn in la cabudhiyo fikirkooda iyo xaqa ay u leeyihiin inay hadlaan. May jeclayn inaan laga qayb-gelin maamulka dalka.

Sida la faro ayuun bay yeelayeen muddo sannad ka badan. Ammarrada hoggaamiyayaashu bixinayeen qaarkood way wanaagsanaayeen, in badan oo ka mid ahna aad bay u qallafsanaayeen oo looma adkaysan karayn.

Mushkiladdu waxay ahayd siday ka yeeli lahaayeen hoggaamiyayaasha. Dadka waxa la baray in masuuliyaddoodu tahay inay adeecaan wax kasta oo hoggaamiyayaashu faraan wax su'aal ahna aanay ka keenin. Badankooduna sidaas ayey amarka u qaadan jireen. Mar keliya mooyee, taasoo ahayd markay Seed badda ku rideen.

Qaar badan oo dadkii ka mid ahi way isu yimaadeen si ay u falanqeeyaan waxay samayn karaan. Markii hore waxay ka cabanayeen uun arrinta Taallada Oogle, laakiinse marba marka ka dambaysa cabashadu way isa sii taraysay. Waxay ka cabanayeen waxyaabo aanay jeclaysan oo hoggaamiyayaashoodu ku samaynayeen.. Waxay xaqiiqsadeen in badankoodu aanay ku faraxsanayn sida loola dhaqmayo. Qaarkood waxay soo jeediyeen inay ka takhallusaan hoggaamiyayaashooda oo ay doortan kuwo kale oo ka caddaalad badan oo u qabta waxay doonayaan. Qaarkood waxay soo jeediyeen inaanay wax hoggaamiyayaal ahba samaysan.

"Aad baynu uga awood badannahay hoggaamiyayaasha duqayda ah, si fudud baan u tuuri karnaa" ayuu yidhi Mire.
" Aynu qar ka shalwinno sidii Seed oo badda ku tuurno"ayuu yidhi mid kale.
" Kadib waxaynu dooran karnaa hoggaamiye cusub"
" Anigu mar dambe amarkooda qaadan maayo" ayuu mid kale ku dhawaaqay " waxan doonayaa in cid kale hoggaamiso dalkan."
" Aan u sheegno inaynaan doonayn inay inna xukumaan" ayuu yidhi Beegsi. " Mar kasta oo aynu karahno hoggaamiyaasheenna jar uun kama tuuri karno"
" Sidaynu u beddeli karnaa hoggaamiyayaasheenna markaynu nacno"? ayuu weydiiyey Guuleed.
" Innaga yeeli maayaan inay innaga tagaan haddii in yar oo innaga mid ahi u tagto. Maxaynu yeellaa?"
" Aynu iska tuurno oo hoggaamiye oo dhanba ka maaranno." Ayuu yidhi Barre, " Aad bay halis u tahay in qof hoggaanka loo dhiibo. Dadku marba hadday hoggaamiye noqdaan wax alla waxay rabaan bay sameeyaan, lamana ridi karo. Yeynaan hoggaamiyeba yeelan. Kadib aynu xaafadaheennii ku noqonno oo danaheenna ka shaqayno. Markaynu doonayno inaynu wax qabanno, xaafadaheenna aynu ku shirno oo si wadajira u qorshayno waxaynu

qabanayno. Sidaas uun baynu ku heli karnaa fursad aynu kaga tashanno hawlaha aynu qabsanayno."Raggii ugu geesisanaa dadka ayaa go'aansaday inay la hadlaan hoggaamiyayaashooda." Khaati baanu ka taaganahay qaabkan aad noo xukumaysaan waxananu doonaynaa inaanu annagu arrimahayaga maamulanno. Waxanu isku raacnay inaanaan wax hoggaamiye ah dib dambe ugu baahnayn. Dadka deggan xaafad walba iyaga ayaa hawlahooda maamulanaya. Aad baannu idiinka awood badannahay. Ma doonayno inaanu qar idinka xoorno sidii Seed markaa haddaad talada si nabadgelyo ah ku wareejisaan waxannu idiin oggolaan doonaa inaad nabadgelyo ku noolaataan."Hoggaamiyayaashii aad bay u cadhoodeen, laakiin cabsi weyn baa ku jirtay. Qaarkood may dabaalan karayn waxanay ogaayeen in noloshoodu halis ku jirto. Markay muddo wada hadleen waxay go'aansadeen inay yeelaan sida dadku doonayo oo ay talada ku wareejiyaan

****

Dadkii aad buu ugu farxay sidan dhibta yar ee ay u guulaysteen. Heeso iyo ciyaaro ayey isku dareen. Rasaas bay cirka u rideen , calamona way ruxeen. Xaflado ayaa socday habeen iyo dharaar muddo toddobaad ah. Dadkii badankoodu waxay sheegeen in mar hadday xor u yihiin inay xaafadahooda maamushaan in dhibaatadii dhammaatay. Markay ciyaaro iyo damaashaad ka daaleen waxay ku noqdeen guryahoodii.

Dadkii degganaa xaafad kastaa waxay ogaadeen inaanay fududayn in arrimaha la maamulo hoggaamiye la'aan. Marka dad xaafad deggani doonaan inay heshiis la galaan qaar xaafad kale deggan waxa aad u fududayd inay qof ama laba diraan intay dhammaantood ka wada tegi lahaayeen hawlahooda. Sidoo kale sidee bay dad dhan oo laba xaafadood deggan oo dhammaantood wada hadlayaa heshiis u gaadhi karaan. Dad aad u badan baa hal mar wada hadlay oo wata fikrado badan oo kala duwan. Markay doonaan in cashuur la soo ururiyo yaa u soo ururin illayn dhammaantood waxay doonayaan inay soo ururiyaan. Waxa iyana dhibaato ka qabsatay markay u baahdeen inay dhistaan jid xafadahooda isku xidha.

Dadkii degganaa xaafadda yar ee Bari waxay la kulmeen dadkii deggana xaafadda weyn ee reer Galbeed oo go'aansadeen inay jid wada dhistaan
"Qolo waliba jidka xaafadeeda ha ka soo bilowdo oo badhtamaha aynu isugu keenno" buu yidhi Jaamac, " haddaynu shaqayno sabti kasta bil baynu ku dhammayn."

Dood iyo muran dheer kadib dadkii way isku raaceen qorshahan oo xaafadahoodii ku noqdeen. Afartii sabti ee xigay dadkii si adag oo wacan bay u shaqeeyeen. Waxa jirtay buur balladhan oo u dhexeysay, waxayna isla garteen in qolaba dhinac bidixda ka soo mariyaan. Waxay ahayd galabnimadii sabtidii ugu dambaysay markii reer Bari bilaabeen inay walaacaan.
" Reer Galbeed si wacan uma shaqaynayaan, haddaa waynu la kulmi lahayn. Waxan hubaa inaynu kalabadh gaadhnay." mid baa yidhi.
" Waaryaa maxaad samaynaysaan waxaynu ku heshiinay bidixda buurta." Ayuu mid qoladii kale ahi buurta dusheeda kaga dhawaaqay. Dadkii way fajaceen, koox waliba waxay jidkii ka mariyeen bidixda buurta. Labadii jidna way is weydaarteen oo labada dhinac ayey buurta ka kala mareen illayn qolba dhinac baa u bidixee.
" Haddaynu hoggaamiyayaal lahaan lahayn sidani ma dhacdeen" ayuu yidhi oday weyn oo hoggaamiye ahaan jiray. "Waxad u baahantihiin qof qorshaha idiin sameeya oo hubiya in si sax ah wax loo wado. Marka dadku badanyahay qof kastaa wax ma qaban karo oo ma go'aamin karo. Yaa xaqiijinaya in qof kastaa bixiyey saamigii cashuur lagu lahaa. Yaa hubinaya in qof kastaa raaco

sharcigaad dejisaan. Dhammantiin ma haysaan waqti aad wax walba ku qabataan. Waxad u baahantihiin hoggaamiyayaal idiin qabta hawlahan badhkood."

Arrintii jidku waxay noqotay waayo-aragnimo. Dadkii waxay ka daaleen murankii iyo ka hadalkii waxyaabaha xaafaduhu u baahan yihiin. Waxay ku kulmeen Bari si ay mashaakilka u falanqeeyaan. Waxay dooneen inay doortaan hoggaamiye cusub." Waxaynu u baahanahay shan hoggaamiye." Ayuu ku dhawaaqay Jaamac.
" Shan aa. Waxaynu u baahanahay toban, dalku waa waynyahay." Ayuu mid kale yidhi.

      " Ma toban hoggaamiye? Sidee ayey arrin ugu heshiin karaan" ayuu yidhi Guuleed" wax kale iska daaye qoyskayaga ayaan ku heshiin karin waxay ku qadaynayaan. Ma malayn kartaa in toban hoggaamiye ku heshiin karaa habka loo maamulayo waddan dhan.?"

      " Ma waxad doonaysaan in hal hogaamiye hawlaha oo dhan qabto? Ayuu weydiiyey Diiriye.

      " Waan necebahay in hal qof taladu ku keliyowdo oo uu wuxuu doono sameeyo. Ma qof baa wax kasta qaban kara. Hawshu way ka badan tahay wax qof keli ahi qaban karo."

      " Maxaynu u bixinaa"

      " Boqorro"

      "Waan ku raacay" buu yidhi Shire.

      " Maya" buu yidhi Takar " boqorradu si alliyaale siday doonaan bay wax u xukumaan.

      weliba boqorradu xukunka kama degaan ilaa laga dilo. Waa inaynu awoodnaa inaynu madaxdeenna xilka ka qaadi karno innagoon dilin. Sidoo kale ma doonayno inay xaq u yeeshaan inay wax kasta sameeyaan. Waa inaynu u sheegno waxa ay qabanayaan."

      " Sideynu marka hore ku dooranaa ka u horreeya?" ayuu weydiiyey Cawaale

" Qof kastaa fikrad gaar ah ayuu ka qabaa sidii wax loo dooran lahaa, waxa ay qabanayaan, sida aynu u beddelayno. Sidaynu arrintaa ugu heshiinaynaa?"

" Anigu lama heshiin karo Geelle sababtoo ah wuxu doonayaa inaynu hoggaamiye u dooranno saaxiibkii Xirsi oo isaga ixsaan gaar ah u samaynaya markuu talada qabto. Teeda kale Xirsi aniga wuu i neceb yahay oo waxba iima oggola"

" Taasi waa dhibaato" ayuu yidhi Geelle" qof kastaa wuxu doonayaa inuu hoggaamiye noqdo ama saaxiibkii noqdo. Waan arki karayaa in hoggaamiyayaashu saaxiibadood caawinayaan dadka kale ee aan raacsanayna cadaalad darro kula dhaqmayaan. Arrintani in badan bay hore inoogu dhacday."

" Waa inaynu helaa hab aynu u dooranno qofka ugu wanaagsan hoggaamiye" ayuu yidhi Guuleed " waa inaynu doorannaa qof xoog badan, caqli badan, oo qabanaya waxa aynu uga bahanahay.. Sidoo kale waa inaynu xaqiijinaa in haddaynaan raalli ka ahayn waxa uu samaynayo inaynu xor u nahay inaynu diidno innagoon wax cabsi ah ka qabin. Waa inaynu xaqiijinaa in haddii qaarkeen aanay jeclaysan xeerarka qaarkood aynu beddeli karnaa"

" Waxaynu u baahanahay qorhe. Inaynu hadal uun ku jirno maaha. Waa inaynu dadkeennii kale u tagno oo ka wada hadalno sida aynu is leenahay waa sida ugu wanaagsan ee hoggaamiye loo doorto. Kadib halkan aan ku kulanno berrito oo afkaar isku keenno. Waynu soo bandhigi karnaa fikradaheenna oo aynu xulan karnaa kuwa ugu wanaagsan ,waa kuwan waxyaabaha aynu u baahanahay inaynu falanqayno." Beegsi baa yidhi.

- Ma hal hoggaamiye mise wax ka badan baynu u bahanahay?
- Yaa noqon kara hoggaamiye?
- Yaa dooran kara hoggaamiye?
- Sidaynu u doorannaa hoggamiye?
- Muddo   intee   le'eg   ayaa   dadka   aynu hoggaamiyeyaal u doorannaa xilka hayn   karaan?

- Sidee awoodda hoggaamiyeyaasha loo xadidi karaa?

- Yaa beddelaya hoggaamiye hadduu xanuunsado ama dhinto?

- Immisa jeer buu hoggaamiyuhu isa soo sharrixi karaa?

- Maxaa dadku yeelayaa haddii hoggaamiyuhu ka leexdo hawshii loo doortay?

- Sidaynu u xaqiijin karnaa inaynu xor u nahay wax ka sheegga sida hoggaamiyeyaasheennu u shaqaynayaan?

Maalintii dambe ayaa koox dadkii ka mid ahi kulantay. Waxay ku qaadatay waqtigii ay filanayeen mid ka dheer inay hawlahooda qorsheeyaan, xataa dadka qaar habeenimadii oo dhan bay soo jeedeen si ay wax u qorsheeyaan.

Kooxaha badankoodu waxay ka koobnaayeen dad isku shaqo ama isku qoys ah. Loox-jarayaashii ayaa ugu hor bilaabay jeedinta qorshahooda. Waxa ku xigay beeralaydii iyo kalluumaysatadii. Qorshayaasha badankoodu wax bay wadaageen haddana way kala duwanaayeen.

Markay kooxihii wada hadleen waxay dadkii go'aansadeen inay u codeeyaan qorshaha ugu wanaagsan. Hayeeshee qorshe keliyihina ma helin codkii loo baahnaa maadaama koox waliba u codeysay qorshaheedii.. Muran dheer kadib waxay go'aansadeen inay qaataan saddexda qorshe ee ugu codka badan. Markay haddana u codeeyeen saddexdan qorshe waxay ka war heleen inay heleen cod isku mid ah. Qorshe waliba wuxu lahaa qayb dadku doonayey iyo qayb aanay doonayn. Kadibna oday Guuleed ayaa soo jeediyey inay qorshe walba ka soo qaataan qaybta ugu wanaagsan oo ka sameeyaan hal qorshe oo qof waliba ama u codeeyo ama ka codeeyo.

Hadal iyo dood dheer kadib markaasoo dadkii qaar xanaaqeen oo ku hanjabeen inay shirka ka baxayaan ayaa ugu dambayn qorshihii la isku raacay. Qayb kasta oo qorshaha ka mid ah waa la qoray, xubnihii shirka ka soo qayb galayna waxay ku saxeexeen magacyadoodii si ay u muujiyaan inay waafaqsanyihiin. Dad yar uun baa qorshaha dhammaantii wada taageersanaa laakiin waxay ogaayeen inay u baahanyihiin qorshe la isku raaci karo haddii uu shaqayn waayana ay mar labaad u kulmaan oo u codeeyaan inay beddelaan.

Kadibna qorshihii waa la qoray oo loo qaybiyey dadkii oo dhan, waxanu u qornaa sidan:

1. Hal qof uun baa loo dooranayaa hoggaamiye. Isaga ayaana dooranaya dadka la shaqaynaya.

2. Qof kasta oo ka weyn 35 jir wuu noqon karaa hoggaamiye.

3. Hoggaamiyayaasha waxa lagu dooranayaa cod. Qofkuna waa inuu helaa kalabadh codka intaanu noqon hoggaamiye.

4. Dadka waddanka deggan ee 21 jir iyo ka weyn ah way codayn karaan.

5. Marka hoggaamiyaha la doorto shan sano ayuu xilka haynayaa.

6. Hoggaamiyuhu waa inuu sharci u sameeyo waddanka, xaqiijiyo in sharciga la raaco, ciqaabo qofkii jebiya, xalliyo mashaakilaadka dadka dhexdiisa.

7. Haddii hoggaamiyuhu dhinto ku xigeenkiisa ayaa xilka qabanaya inta mid kale la dooranayo.

8. Qofka dhowr jeer baa hoggaamiye loo dooran karaa.

9. Haddii dadku u arko hoggaamiyuhu inaanu xilkiisii gudanayn dadku waxay dooran karaan mid kale xataa haddaan shantii sano dhammaan. Laakiin waxa sidan la yeeli karaa uun haddii afar meelood saddex dadku isku raaco.

10. Hoggaamiyuhu dadka kuma qabsan karo inay dhaliilaan hawshiisa, bil kastana waa inuu la kulmaa xubno dadka metelaya si ay u falanqeeyaan dhaliilaha.

" Immika waa inaynu dooranaa hoggaamiye" ayuu yidhi Mire" waxan soo jeedinayaa inaynu dooranno Good".

" U kaadi" ayuu yidhi Good, " Waxan u malaynayaa inaynu qaladaad samaynay. Immika ayaa mid ii muuqdaa. Ka soo qaad inaynu dooranno hoggaamiye oo uu sharciyada innoo sameeyo, hadduu sameeyo sharci uu ku beddelayo qorshayaashan aynu dejinay. Wuxu samayn karaa sharci odhanaya ima beddeli kartaan ,sideynu arrintaa ka yeelaynaa."

" Anigu waxan soo jeedinayaa inaynu arrintaa immika go'aan ka gaadhno" ayuu yidhi Beegsi, " Waa in qorshaha aynu ku darsanno xeer asaasi ah oo aanu beddeli karin hoggaamiye kasta oo aynu dooranno. Xeerkani waa inuu sheegaa:
1.   Go'aannada uu hoggaamiyuhu qaadan karo iyo sida uu u qaadanayo.
2.   Waxyaabaha aanu taaban karin.

Wuxu awood u yeelanayaa inuu beddelo xeerarka qaarkood laakiin ma beddeli karo xeerarka mabaadiida ah. Dadweynaha uun baa beddeli kara marka afar meelood saddex isku raacaan. Sidan ayaynu ku ilaalin karnaa xuquuqdeenna inaynu dooranno si waafaqsan qorshihii aynu samaysannay, mar dambe waynu samaysan karnaa haddaynu u baahanno mabaadii dheeraad ah.
" Waxan xasuustaa" ayuu yidhi Good, " in boqor Guhaad lahaa xeerar aanu beddeli karin, ma hubo inuu ku dhaqmi jiray laakiin wuxu ugu yeedhi jiray dastuur. Innaguna qorshaheenna waxaynu u bixin karnaa dastuur."
"Waan idinku raacsanahay" ayuu yidhi Mooge.
" Maxaad ku raacsantahay, nacasyahow?" Ayuu weydiiyey Diiriye.

Markiiba dadkii way daremeen inay fikradda Beegsi mid wanaagsan tahay, waanay ku waafaqeen waxanay ka dhigeen qorshohoodu inuu noqdo xeerka asaasiga ah ee dalka. Waxay xataa isku raaceen inay xeerkaa u bixiyaan Dastuur.

Maalintii loo qorsheeyey in la doorto hogaamiyaha waxa dadkii oo dhammi ku kulmay badhtamaha xaafadda Galbeed. Qof kasta oo doonayey inuu noqdo hoggaamiye waxa la siiyey fursad uu ku hadlo oo dadka ugu sheego waxqabadkiisa haddii la doorto. Dadkan waxa loo bixiyey musharrixiin.

Musharax kastaa wuxu isku deyey inuu dadka ka dhaadhiciyo inay u codeeyaan. Qaarkood waxay sheegeen inay dalka ka dhigayaan meel badhaadhe loogu noolaado. Qorshayaasha qaarkood aad bay u wanaagsanaayeen, qaarna waxay u ekaayeen in laga badbadiyey. Waxa caddaan ahayd in musharixiinta qaarkood ay u burinayeen dad gaar ah, iyagoo rajaynaya inay helaan codadka ugu badan.

Markii musharixiintii oo dhammi hadleen waxa la gaadhay waqtigii codaynta. Markii musharax kastaa isa soo hortaagay dadka, inta raacsan ayaa gacmaha taagayey.

Saddex qof baa loo doortay inay codadka tiriyaan. Waxa markiiba caddaatay inaan midna helin wax kala badh gaadha codadkii, laakiin laba musharax baa ka cod badnaa inta kale. Labadan isku soo hadhay ayaa haddana la bilaabay in loo codeeyo. Waxa guulaystay Faarax oo ka mid ahaa ragga ugu caansan degaanka . Dadkii u codeeyey aad bay ugu farxeen guushiisa.

Dadka qaar way cadhoodeen laakiin way heleen fursad ay kaga qayb galaan doorashada oo ku dhiibtaan fikirkooda, Faaraxna wuu dhegaystay fikradahooda iyo kuwa dadka iyaga raacsan.

Laakiin waxay isku qanciyeen in haddii Faarax qaban waayo shaqo wanaagsan inay heli doonaan fursad kale oo ay ku doortaan qof kale doorashada dambe. Waxay isku raaceen inay Faarax wax la qabtaan oo kala shaqeeyaan danta degaanka.

****

Dadkii waxay ku heshiiyeen in hogaamiyahoodu dooran karo cidda la shaqaynaysa. Dastuurka ayey ku caddeeyeen inay arrintan xaq u leeyihiin. Faarax wuxu ogaaday inuu u baahan yahay cid hawsha ka caawisa, maadaama hawluhu badnaayeen oo aanu kelidii wada qaban karin. Wuxu doortay dhowr nin oo uu jeclaa wax qabadkooda iyo kuwo ka mid ah kuwii uu doorashada kaga adkaaday. Todobaadkiiba laba jeer ayey kulmi jireen si ay u falanqeeyaan mashaakilaadka waddanka haysta iyo siday wax uga qaban lahaayeen.

Faarax dadkii uu doortay hawshii buu u kala qaybiyey. Mid wuxu u xilsaary cashuur ururinta, midna xeer ilaalinta, midna qorshaynta. Lacagta cashuurta wuxu u adeegsan jiray nadaafadda degaanka. Mid kale wuxu u doortay inuu dadka tababaro si ay dalka u difaacaan haddii la soo weeraro, in kastoo cabsi weerar aanay qabin maadaama meeshu ka dheertahay degaan dad kale. Faarax laftiisu wuxu hawsha ka caawin jiry kaaliyayaashiisa oo uu dhex geli jiray haddii muran yimaad ama cidi sharciga jebiso. Isaga iyo kaaliyayashiisuba waxay dhegaysan jireen oo tixgelin jireen ra'yiga dadka waxanay ku dhaqaaqi jireen waxay u arkaan inuu u wanaagsan yahay dalkooda. Sharciga ayey dejin jireen oo dhaqan gelin jireen.

Si kastoo wanaagsan oo Faarax iyo kaaliyayaashiisu hawsha u qabtaan, haddana waxa jiri jiray dad aan jeclaysan wax qabadkooda.

Good isagu mar walba wax uun buu ka caban jiray, Takarna wuu ku raacsanaa cabashada.

Faarax iyo saaxiibadiisa badankoodu waxay ahaayeen Looxjarayaal, Markab sameeyayaal iyo bakhaaray.

Good iyo Takar oo iyagu beeralay ahaa waxay rumaysnaayeen in hogaamiyuhu u eexdo saaxiibadii oo ka eexdo beeralayda.

Koox ka mid ah dadkii degaanka ayaa waxay ka wada hadleen oo isla qaateen in khaladka ay sameeyeen markay dastuurka qorayeen uu ahaa inay awood badan siiyeen hal qof iyo kaaliyayaashiisa. Waxay xaqiiqsadeen inay Faarax siiyeen saddex hawlood. Hawsha xeer dejinta, xeer fulinta, iyo inuu xidhi karo cidduu doono. Waxa Good ku dooday in markasta oo Faarax iyo saaxiibadii ay ku soo eedeeyaan qof inuu xeerka jebiyey ay isla iyagu ku qaadaan dambiga.

Good iyo saaxiibadii waxay isla garteen in loo baahan yahay in saddexdan hawlood loo kala xilsaaro saddex dad ah oo kala duwan. Sidaas ayaa koox waliba ku takhasusaysaa hal hawl oo ay ku talax tegayaan, sidaas ayana qoloba qolo ku sixi kartaa.

Koox yar oo ay hogaaminayaan Good iyo Takar baa u timid Faarax oo ku yidhi," Qayb dadka ka mid ah ayaan ku faraxsanay sida aad hawlaha u qabanayso. Waxanu isku raacsanahay inaad hawl wanaagsan qabatay oo muujisay daacadnimo, laakiin waxay nala tahay inaynu shir kale iskugu nimaad oo aynu ka wada hadalno inaynu dastuurka wax ka bedelno oo shaqada aad qabatana kala qaybino si ay u sii hagaagto."

Faarax iyo saaxiibadii kumay farxin arrintan waayo waxay ogaayeen in la doonayo in awooda badh laga qaado. Laakiin waxa kale oo ay ogaayeen in ay dhaliishoodu yaraanayso haddii hawsha dad kale la qabto.

Waxay ogolaadeen in Takar iyo Good ay dadka dhex dhigaan liis uu saxeexo qof kasta oo doonaya in la isugu yimaado shir wax lagaga bedelayo dastuurka. Waxay ku heshiiyeen in haddii ugu yaraan kala badh dadka meesha deggani saxeexaan ay shirka qabtaan Jimcaha soo socda.

Cabashadii soo baxday waxay noqotay:

1. Lanagama qayb geliyo samaynta shuruucda.

2. Maadaama Faarax iyo saaxiibadii dejiyaan shuruucda oo dhaqan geliyaan waxay nagu qasbi karaan inaan yeelno wax kasta oo ay doonayaan.

3.Ka soo qaad in Faarax iyo saaxiibadii nagu eedeeyaan inaan qaynuun jebinay, haddii aanaan ku qanacsanayn cadaaladooda yaa dhexdhexaad ah oo dacwaddayada dhegaysanaya? Waxanu u baahanahay qof si cadaalad ah u dhegeysta dhinacayaga dacwadda..

Takar haddana wuxu liis gareeyay sida uu u arko in wax la yeelo.

1.   Waxa jira saddex arrimood oo loo baahanyahay in hogaamiyayaasheennu qabtaan oo kala ah:

    a.   Xeer dejin

    b.   Dhaqan gelin xeer

    c.   Garsoor dadka loo garsooro markay is qabtaan oo la tuso waxa sharciga macnihiisu yahay lana cadeeyo qofka sharciga ku gefay.

2.   Waa in dastuurka wax laga beddelo si saddexdan hawlood loo xil saaro saddex qof oo kala duwan.

3.   Waxanu doonaynaa in dastuurku damaano qaado xaqa aanu u leenahay inaanu dhaleecayno xubnaha dawladda ee xilkooda ka soo bixi waaya.

Markii liiskii loo gudbiyey dadka badankoodii way saxeexeen. Waxay doonayeen isbeddel. Laakiin sida badanaaba dhacda waxay ku kala duwanaayeen fikradahooda waxa ay doonayaan in la qabto. Markay jimcihii kulmeen koox waliba waxay wadatay qorshe gaar ah oo ay doonayeen in lagu daro dastuurka cusub.

****

Muran dheer kadib dadkii waxay ku heshiiyeen inay u codeeyaan qorshe ay ku samaynayaan dastuurkooda cusub. Dastuurkan cusubi wuxu u saamaxayey dadku inay wax ku darsadaan oo ka hadli karaan habka dalkooda loo maamulayo. Waxa loogu talo galay in:

1.   Uu caddeeyo hawlaha xubnaha xukuumaddu qabanayaan iyo siday u qabanayaan.

2.   Uu ilaaliyo xuquuqda dadku u leeyahay inay wax ka sheegaan xubnaha dawladda ee ay xilkooda dhaliilaan.

3. Uu ilaaliyo xuquuqda qofka marka la soo eedeeyo uu u yeelanayo inuu ka doodo oo la dhegaysto.

4. Uu ka difaaco dadka tabarta daran kuwa awooda badan ee waxyeelo u gaysanaya noloshooda, xoriydooda iyo hantidooda.

Dawladda noocan ah waxay u bixiyeen dimuqraadiyad dastuuri ah maadaama aan hogaamiyayashu waxba ka beddeli karin shuruucda qaarkood, dadkuna wax ka odhan karo sida dalkooda loo maamulayo.

Mid ka mid ah isbedelada ballaadhan ee ay sameeyeen wuxu ahaa in saddexda hawlood ee muhiimka ah loo kala dhiibo saddex nooc oo dad kala duwan ah.

Hal koox waxay ahaayeen xeer dejiyayaal. Waxa soo dooranaya afartii sanoba mar dadka xaafadda uu degganyahay. Waxa loo bixiyey xeer-dejiyayaal ama wakiillo. Xarunta dalka ayay ku kulmayaan oo u codeynayaan qawaaniinta dadkoodu doonayaan. Qof kasta oo ka mid ah xeer-dejiyayaashu wuxu metelayey dadka soo doortay. Dadka xaafadaha waxa loo oggolaa in kontonkii qof ee xaafad deganba qof soo doortaan.

Qayb kale oo dawladda cusub ahi waxay ahayd hoggaamiyaha iyo kuwa la shaqaynaya. Hoggaamiyaha waxay u bixiyeen madaxweyne. Waa in dadka oo dhammi soo doortaan madaxweynaha. Marka uu go'aan qaadanayo wuxu ka fikirayey danta dadka oo dhan, maaha keliya danta dad magaalo gaar ah ka yimid. Qaybtan ka mid ah dawladda waxa loo bixiyey waaxda fulinta.Dadka ka shaqaynaya waaxdan waxa hawshoodu ahayd inay xaqiijiyaan in qawaaniintii xeer dejiyayaashu dejiyeen la fuliyo.. Waa inay ku hoggaamiyaan dalka shuruucdii la dejiyey. Waxa kale oo xilkoodu ahaa inay qoraan shaqaale dawladda u shaqeeya. Waxa awoodoodu ahayd inay qabtaan oo xidhaan cid kasta oo sharciga jebisa haddii lagu soo caddeeyo.

Kooxda saddexaad waxa hawshoodu ahayd inay dhexgalaan khilaafka ku saabsan shuruucda. Tan waxa loo bixiyey waaxda garsoorka ee dawladda. Garsoorayaasha waxa magacaabaya madaxweynaha oo la tashanaya xeer-dejiyayaasha , xilkana way haynayaan ilaa inta ay waajibadkooda fulinayaan. Shan garsoore ayaa la doortay.

Waxa kale oo hawshoodu ahayd inay u garqaadaan dadka iyagoo dhinac walba dhegaysanaya, waxana la shaqaynayey guddi la yidhaa xeerbeegti.

Markii dadkii degaanku dastuurka cusub samaysteen waxay qabteen doorasho waxana madaxweyne noqday Faarax. Isna wuxu doortay dadkii la shaqayn lahaa.

Markii Faarax uu u ololaynayey doorashada wuxu soo bandhigay qorshe uu ballan qaaday inuu hirgelinayo haddii la doorto. Qorshahaasi wuxu ahaa inuu cashuurta dadka laga qaado ku dhisi doono wershed looxa farsamaysa ama Nijaarad. Webi ayaa ag marayey xaafadda Bari, looxgooyayaasha iyo dad kale oo ay wada degganaayeenna waxay doonayeen in nijaarad laga dhiso webiga qarkiisa. Faarax wuxu golihii xeer dejinta ka codsaday inay soo saaraan xeer u ogolaanaya inuu lacagta cashuurta Nijarad ka dhiso. Wuxu ku dooday in Nijaaraddani ay wax u tari doonto dadka oo dhan markaa ay sax tahay in lagu dhiso cashuurta qof kasta laga qaado.

Dadkii degaanka qaarkood kumay waafaqsanayn qorshahan. Waxay yidhaahdeen arrintani waxay dan u tahay uun looxgooyayaasha(Nijaarrada) iyo saaxiibadood laakiin faa'iido uma leh dadka kale ee degaanka. Waxay arrintani si gaar ah hawsha ugu fududaynaysaa bay yidhaadeen dadka looxa ka shaqeeya oo ay u suuro gelinaysaa inay gooyaan loox badan oo ay lacag badan ka helaan. Kuwii ka soo horjeeday looxgooyayaasha gaar ahaan beeralaydu waxay u arkayeen cadaalad darro in cashuurtii ay bixiyeen lagu dhiso nijaarad aanay waxba uga faa'iido ahayn. Muran dheer baa arrintan ku dhex maray Nijaarradii iyo beeralaydii, markii doodii qadhaadhaatayna waxa soo galay qaybihii kale ee dadka oo dhinacyo la kala saftay.

Hal koox oo raacday Nijaaraddu waxay ahaayeen kuwa maraakiibta sameeya. Kooxdani muddo dheer bay iibsanayeen looxa si ay uga sameeyaan doonyaha kalluumaysiga.

Nijaarradii ayaa si sir ah ula faqay oo u sheegay haddii loo dhiso nijaaraddan inay qiimo aad u jaban kaga iibin doonaan looxa.

Kuwa Maraakiibta sameeya ayaa waxay ogaayeen in hadday looxa ku helaan qiimo jaban inay samayn karaan doonyo jaban oo ay ka heli doonaan lacag badan markay iibiyaan.

Markaa Nijaaraddii iyo Markablaydii waxay ku heshiiyeen inay raadiyaan dad kale oo arrintan ku raaca si loo ogolaado sharciga lagu dhisayo nijaaradda.

Beeralaydii waxay maqleen heshiiska dhex maray Nijaarrada iyo Markablayda, arrintaasina aad bay u walaac gelisay. Waxay go'aansadeen inay iyana raadsadaan cid ay is bahaystaan.

Dadkii wuxu u qaybsamay kooxo fikrado kala duwan ka qaba dhismaha nijaaradda.. Kuwa nijaaradda taageersani waxay la baxeen reer Miici, kuwa ka soo horjeedaana reer Milay. Reer Miici waxay ka koobnaayeen Nijaaradii, Markablaydii, iyo dad doonayey inay guryaha loox ka dhistaan halkay awal caws iyo ciid ka dhisan jireen.

Reer Miici si ay u helaan taageero waxay la hadleen Bakhaarlaydii. Qodobka ka mid ah shuruucda dalku wuxu dhigayey inaan bakhaaradda la furi karin Jimcaha. Baakharlaydu waxay jeclaayeen inay furaan jimcaha si ay u shaqaystaan oo dakhli u soo galo. Reer Miici waxay heshiis la galeen bakhaarlaydii oo ku yidhaahdeen haddii aad na raacdaan waxanu idiin ballan qaadayna inaanu idinkula dacwoono in Jimcaha la shaqeeyo, sidaasaanay isku raaceen.

Reer Milay waxay badankoodu ahaayeen beeralay laakiin waxa ku soo biiray kalluumaysatadii oo dhismaha Nijaaradda khatar u arkayey. Kalluumaysatadu waxay ka baqayeen in ballayga loo dhisayo Nijaraddu uu dad badan u sahli doono inay iskood bilaash u kalluumaystaan, iyaguna shaqada waayaan. Waxa kale oo ay ka walaacsanaayeen in qashinka Nijaaradda oo webiga lagu daadiyaa uu layn doono kalluun badan.

Dad badan oon arrinta kala jeclayn baa labada dhinac la kala saftay. Qaar waxay danaynayeen ballayga nijaaradda loo dhisayo oo ay u arkayeen in laga kalluumaysan karo , laguna dabaalan karo loona isticmaali karo nasasho ahaan. Waxay u sheegeen reer Miici inay raaci doonaan hadday ballan qaadayaan in ballayga loo isticmaali karo nasasho/dalxiis oo aan qashin lagu qubayn.

Koox kale waxay doonaysay in dhowr nijaaradood la sameeyo si koox keliyihi aanay u kontoroolin loox samaynta.

Koox waliba waxay wakiiladoodii u sheegeen waxay doonayaan in la qabto. Waxay u sheegeen hadday qaban waayaan waxa ay ka doonayaan aanay u codayn doonin xilliga dambe ee doorashada. Reer miici waxay qoreen Arji ay kaga codsanayaan mudanayaasha wakiiladu inay ogolaadaan sharciga lagu dhisayo Nijaradda, reer Milayna waxay qoreen mid ay ku codsanayaan inaan la ogolaan nijaaradda dhismaheeda.

Wakiiladii talo way ku caddaatay, waxay doonayeen inay dadka raalli geliyaan oo qabtaan waxa dadka u dan ah manay doonayn inay dadka qaar ka cadhaysiiyaan. Hadday ogolaadaan dhismaha nijaaradda beeralayda iyo saaxiibadood ayay ka cadhaysiinaysaa oo hadhow codkooda kala leexan doona, hadday ka soo horjeedsadaan nijaaraddana waxa ka cadhoonaya loox qorayaasha iyo saaxiibadood oo iyana doorashada codkooda kala leexan doona.

Markii maalintii hore wakiiladu shir isugu yimaadeen waxa hadlay kii u horeeyey oo yidhi,"Waxan soo jeedinayaa inaynu qorshahan nijaaradda lagu dhisayo sharciyayno oo hirgelinno."

Isla markiiba saddex qof baa istaagay oo yidhi " Waanu ku raacsanahay laakiin marka hore aynu ka doodno inaynu oggolnahay iyo in kale."

In badan baa sidan u arkay sax. Dhowrkii malmood ee xigay wakiillo badan baa ka hadlay sida ay xal u arkaan. Shir doceedyo badan baa la galay, wakiillo kastaana waxay la soo tashadeen dadkoodii. Qaar ka mid ah beeralaydii waxay soo ogaadeen in haddii berrito la codeeyo ay reer Miici ka guulaysanayaan. Takar oo beeroole ahaa ayaa fikradi ku soo dhacday waxanu isugu yeedhay shir hogaamiyayaashii beeralayda." Eega" ayuu yidhi," waxan u malaynayaa in berrito la innaga guulaysanayo, laakiin u malayn maayo in reer Miici is-hubaan. Ka warrama haddaynu la codayno hadday innoo qabtaan arrin aynu u baahanahay?"
" Maxay hayaan een uga baahanahay" buu mid yidhi.
" Ka soo qaad inaynu waydiino in la dhiso Nijaarad iyoMakiinad hadhuudh. Loox qorayaashu waxay isticmaali doonaan Nijaaradda innaguna Makiinad hadhuudha ayeynu wax ku ridqan. Tani hawsha ayey innaga innoo fududayn doontaa. Waxba innagama lumayaan mar haddii kolleyba Nijaaradda loo dhisayo haddaynu jecelnahay iyo haddii kaleba. Aynu qorno qorshe ku saabsan in Makiinad hadhuudh la innoo sameeyo oo berrito shirka ka akhrinno."
Dood dheer kadib beerlaydii way ku waafaqeen Takar oo qoreen qorshihii. Mid ka mid ah wakiiladii kaga jiray golaha ayey weydiisteen inuu golaha ka hor akhriyo.
Markii aroornimadii shirkii bilaabmay ayuu mudanihii akhriyey qorshihii, reer Miicina way u qaadan waayeen arrintan ku cusub laakiin badankoodu way isku raacsanaayeen inuu yahay wax wanaagsan. Cod baa loo qaaday mudanayaashii oo dhanna aan ahayn kii wakiilada kaga jiray kalluumaysatada way aqbaleen.

Kalluumaysatadii weji gabax bay ku noqotay. Iyagoo arrintan aad uga naxay ayey isku qanciyeen inaanay waxba ka qaban oo ay aqbalaan qorshahan. Waxay istuseen in mustaqbalka sharcigan la bedeli karo.

Mar haddii golihii isku raacay in Nijaaradda iyo Makiinad hadhuudha lagu dhiso cashuurta, hawsha madaxweynaha ayey ahayd in la fuliyo. Isaga iyo dadkii la shaqaynayey ayaa masuul ka ahaa inay sameeyaan qorshaha nijaaradda. Markaa waa inay doortaan dadkii dhisi lahaa ee wadi lahaa oo la siiyo lacag.

Faarax wuxu sameeyey guddi diyaarisa hawsha nijaaradda. Waxa la isla gartay in laga dhiso webiga qarkiisa, xaafadda Bari agteeda. Sidoo kale Ballay baa isna loo sameeyey Nijaaradda.Dabka nijaaradda ayaa isna loo isticmaalayey in lagu jarjaro looxa oo lagu shiido hadhuudhka. Miisas iyo kuraas baa la dhigay ballayga agtiisa si loogu nasto kaas oo nadaafadiisana la ilaaliyey.

Dad badan baa doonayey in la siiyo qandaraaska dhismaha Nijaaradda. Mid kasta waxa laga codsaday inuu soo sameeyo qiimayn inta uu ku dhisayo Nijaaradda, Ballayga iyo dhulka dalxiiska. Qof waliba qiimayntiisii buu soo diyaariyey oo inta gal ku riday u gudbiyey kaaliyihii Faarax u qaabilsanaa hawshaa.

✱✱✱✱✱✱✱✱✱✱✱✱✱✱✱✱✱✱✱✱✱✱✱✱✱✱✱✱✱✱✱✱✱✱✱✱✱✱

Toddobaad kadib markii codsiyadii la furay ayaa madaxweynihii isugu yeedhay shir oo sheegay in Raage ku guulaystay.

Isla markiiba dadkii codsiga keensaday qaarkood ayaa cabasho bilaabay. Waxay sheegeen inaan madaxweynuhu ku dooran Raage qiimo jabnaan ee uu u doortay maadaama uu u codeeyey markii doorashada, dhinaca kalena xaaskiisa qaraabo

111

yihiin. Muran baa ka dhex bilaabmay dad ku raacsan arrintaa madaxweynaha iyo kuwo ka soo horjeeda.

Kuwii madaxweynaha eedaynayey waxay codsadeen in arrintooda la dhegaysto oo la caddeeyo cidda khaldan. Waxay u tegeen garsoorrihii guud oo u sheegeen cabashadooda oo weydiisteen in dacwadooda la dhegaysto. Garsoorihii wuxu amray madaxweynaha iyo dadkii dacweynayey inay isugu yimaadaan maxkamadda si labadooda dhinacba loo dhegaysto.

Qof waliba wuu yimid madaxeynihii mooyee. Madaxweynuhu hawl kale ayuu lahaa oo wuxu soo dirtay wakiil. Xeerbeegti laba iyo toban qof ah ayaa loo saaray inay arrinta dhegaystaan oo go'aamiyaan.

Kii u horreeyey ee hadlay dadkii dacwoonayey ayaa yidhi," Waxanu doonaynaa in aanu caddayno in madaxweynuhu u eexday Raage inuu wershadda dhiso. Uma jeedno inuu madaxweynuhu ula kac sidaa u yeelay laakiin waa arrin dhici karta. Dad badan baa Qiimayn keenay. Qaar madaxweynuhu wuu yaqaanay qaarna muu aqoon. Wuxu ogaa in markii doorashada qaar u codeeyeen qaarna ka codeeyeen. Yaad idinku dooran lahaydeen haddaad halkiisa ku jirtaan, ma kuwa idiin codeeyey ee idin taageeray mise kuwa idinka codeeyey ee idin caariday.

Raage baa la weydiiyey inuu madaxweynaha u codeeyey iyo inay qaraabo yihiin. Labadaba wuu qiray.

Kaaliyihii madaxweynaha ayaa hadalkii qaatay, " Waa run Raage madaxweynaha wuu u codeeyey waana qaraabo. Laakiin taasi maaha sababta qandaraaska loo siiyey. Sababtu waxa weeye qorshihiisa ayaa ugu wanagsanaa uguna jabnaa. Waanu idiin caddaynaynaa arrintan annagoo idin tusayna dhammaan qiimaynihii la soo sameeyey , idinka ayaana garta qaadi doona oo sheegi doona in arrintani caddaalad ama caddaalad darro tahay."

Garsoorihii wuxu amray in xeerbeegtidu gaar u baxdo oo go'amiso arrinta in madaxweynuhu caddaalad darro sameeyey iyo in kale.

Xeerbeegtidu muddo ayey ku jireen qolkii oo ka doodayeen arrinta kadibna maxkamadii bay ku soo noqdeen si ay dadka ugu sheegaan go'aankooda.

Waxay sheegeen in aanu madaxweynuhu cadaalad darro samayn ,Raagena uu si xaq ah u helay qandaraaska. Halkii ayaana arrintii lagu soo gebagabeeyey.

****

Malkoland waxay ka soo kobocday tuulo yar ilaa ay noqotay waddan ka kooban lix gobol oo leh magaalooyin iyo tuulooyin farabadan. Dadka ku nool tuulo iyo magaalo kastaa waxay lahaayeen dawladooda. Magaalo-madaxduna waxay ahayd Galbeed, halkaas oo ay deganaayeen madxaweynaha iyo wakiilada gobolladu.

Dawladda dhexe ee Galbeed ayaa dejin jirtay go'aannada khuseeya dalka oo dhan, xidhiidhada gobollada iyo xidhiidhada lala yeelanayo waddamada kale. Mararka qaar waxa jiray muran ku saabsan hawlaha dawladda dhexe iyo dawlad goboleedyada(dawladaha hoose). Xubnaha dawladda dhexe waxay doonayeen in hawlaha muhiimka ah oo dhan ay qabato dawladda dhexe ee xarunteedu tahay Galbeed. Xubnaha dawladda hoosena waxay doonayeen inay iyagu qabtaan hawlaha muhiimka ah. Laakiin waxa mar walba adkayd in la fahmo faraqa u dhexeeya labada dawladood.

Madaxweynaha iyo xubnaha kale ee dawladda dhexe dhowr sababood ayey u cuskanayeen in awoodda go'aan qaadashada ay yeelato dawladda dhexe. Waxa ka mid ahaa:

1. Dawladda dhexe waxa ku soo hoyata cashuurta laga soo ururiyo gobolada oo dhan sidaa darteed waxa soo gasha

lacag ka badan ta gobol kasta gaar ahaantiis u soo gasha. Waxay qoran kartaa shaqalaha ugu wanaagsan gobol kasta.

2. Waxa deggan magaalooyinka ama gobollada qaarkood dad masaakiin ah oon awoodin inay bixiyaan lacag loogu dhiso iskuulo, jidad, iyo waxyaabaha kale ee ay u baahan yihiin. Dawladda dhexe ayaa cashuurtii ay ka oo ururisay meelaha kale ugu dhisi karta dadkaas masaakiinta ah iskuulo ciyaalkooda, jidad wanaagsan iwm.

3. Waxa jira hawlo u baahan in meel keliya laga maamulo. Haddii la yidhaa gobol kastaa wax kasta isagaa u madax bannaan inuu qabsado maxaa dhacaya. Ka warran haddii gobol kastaa lacag gaar ah iska samaysto, hadduu gobol kastaa iskii heshiis ula galo dalalka kale, hadduu dagaal la galo ama nabad. Waxa muhiima in hawlaha noocan ah meel keliya laga maamulo taas oo ah dawladda dhexe.

Xubnihii dawladda hoose way ku waafaqeen arrimahan dawladda dhexe laakiin waxa jiray weli waxyaabo ay doonayeen inay iyagu qabtaan, waxa ka mid ah:

1. Gobol kasta wakiiladiisu waa inay ku noolaadaan gobolka iyo dadka ay u shaqaynayaan. Iyaga ayaa garanaya sida ay u kala mudan yihiin mashaakilaadka bulshada haysta iyo sida loo xallinayo.

2. Xubnaha dawlad-goboleedku waxay u debecsan yihiin oo u naxariistaan dadkooda ay la nool yihiin oo ay og yihiin baahidooda dhabta ah.

3. Bulsho kastaa waxay leedahay mushkilado u gaar ah markaa xalka dawladda dhexe samaysaa wuxu noqon karaa mid u wanaagsan gobollada qaar, qaarna aan u wanagsanayn. Laakiin waa in hawsha loo daayaa dawlad goboleedyada iyaga ayaa garanaya xalka u wanaagsan bulshadooda.

4. Dawladaha hoose ee gobol kastaa si dhaqso ah ayey hawsha u qaban karaan laakiin haddii wax walba dawladda dhexe laga sugo waqti badan bay qaadanaysaa maadaama ay u adeegayso dalka oo dhan.

Xubnaha dawladda dhexe iyo kuwa dawladda hoose wuxu mid waliba rumaysnaa in fikradahoodu yihiin kuwa ugu wanaagsan danta dalka. Dawladda hoose waxay ku doodaysaa in haddii dawladda dhexe awood badan la siiyo uu dalku u afduubnaan doono oo aanay si fiican waxba u kala soconayn. Dawlada dhexena waxay ku doodaysaa in hawlaha u baahan go'aamada muhiimka ah iyada loo daayo. Si kastaba ha ahaatee waxay go'aansadeen inay wada shaqeeyaan inkastoo ay waxyaabo badan isku diidanaayeen. Waxay ku heshiiyeen in khilaafka si nabad ah iyo wada hadal ku xalliyaan, wax kastana kula noqdaan dastuurkooda.

Faarax dhowr jeer oo dambe ayaa madaxweyne loo doortay. Si fiican buu dalka ugu shaqeeyey maamulkiina wuu ku baahiyey, wasiiro iyo rag xul ahna wuu u doortay hawsha dawladda, xidhiidh wanaagsan buu la sameeyey waddamada caalamka. Wuxu noqday taliyaha ciidamada, saraakiishii ugu wanaagsanaydna wuxu u doortay inay la shaqeeyaan.

Mar kasta oo dhibaato dhacdo xubno dadweynaha ka socda ayaa u taga wakiiladda oo ka codsada inay ka hadlaan sidii wax looga qaban lahaa. Waxa jiray dad jilcisan, xanuunsanaya ama gaboobay oo aan awoodayn inay shaqeeyaan oo wax soo saaraan. Waxa jiray dad u baahnaa in la baro xirfado ay ku shaqo tagaan. Jidad cusub, guryo iyo iskuullo ayaa loo baahnaa. In laydh magaalooyinka la geliyo oo qashinka laga ilaaliyo ayaa loo baahnaa. Wakiilada gobollada iyo dawladda dhexeba waxay ku dadaalayeen in xal loo helo arrimahan. Waxay ku taliyeen in cashuurta loo isticmaalo in hawlahan wax lagaga qabto. Qayb cashuurta ka mid ah waxa loo qoondeeyey in lagu taakuleeyo oo la siiyo dadka tabarta daran ee aan shaqaysan karayn si ay ugu noolaadaan, badhna waxa loo adeegsanayey xagga caafimaadka.

Waxa wax weyn laga qabtay oo la habeeyey maxkmadaha heerarka kala duwan si loo sugo caddaaladda.

Sannado badan baa gudbay, dalkii yaraa ee Malkoland wuxu noqday waddan ballaadhan oo dadkiisu ganacsi la sameeyo waddamada adduunka oo dhan. Ganacsigii iyo farsmooyinkii cusbaa ee wax soo saarka ayaa si wey u beddelay hab-nololeedkii Malkoland. Mashiinno iyo qalab casri ah ayaa bedelay hab-gacmeedkii beeraha lagaga shaqayn jiray. Magaalooyinkii way ballaadheen, dad badan baana shaqo u soo doontay. Noloshii way ka adkaatay siday ahayd markii dadku ku noolaa beeraha iyo tuulooyinka. Dadkii waxay heleen waqti ay ku nastaan iyo waqti ay wax bartaan. Shaqooyinka qaar waxay u baahnaayeen aqoon sare oo sannado ah.

Reer Malko waxay ogaayeen in wax kastaa aanu ahayn mid dhammaystiran dalkooda. Mar kasta waxa jirayey muran ku saabsan sida wax loo qabanayo, laakin waxay dareensanaayeen inay dejiyaan nidaamkoodii dawladnimo oo u xallin kara mashaakilaadkooda. Waxay ilaashadeen xorriyatul-hadalkooda iyo inay si xor ah u dhalecayn karaan dawladdooda markay saluugaan wax qabadkeeda. Cod bay ku beddeli karayeen xubnaha dawladda si fudud oo nabad ah. Waxay qabeen rajo wanaagsan oo ay mar walba ku horumariyan dalkooda.

QALIN SHUBATO

Arraweelo dabadeed iyada oo kale dumar kama ay dhalan. Dadku magacyo kala duwan bay u yaqaannaan sida kadeeda, kala-rara, kordhiya, kaydiya, iwm. Waxa ay ahayd curad guri dambays ah sidaa darteed qoyskoodu aad buu ugu tabcay oo cilmi diineed iyo mid duunyoba way baratay inkasta oo aanay ku camal fali jirin ka diinta. Yaraanteedii carruurta xaafadda way ka wareerin jirtay, kama ay xoog wayneyne xeelad bay kaga adkayd. Way kala khiyaamayn jirtay; intay qaar lacag siiso ayey kuwa kale ku diri jirtay. Sidaas ayey ku barbaartay ilaa ay ka noqotay gaashaanti guur u feedhatay.

Raggii gayaankeeda ahaa wax la hadla way ka wayday dabeeto heerin bay u baxday waxbase way ku wayday.

Gu'yaal ayey dalka ka maqnayd waxay la kulantay wadaad faaliye ah oo adduunkeedii oo dhan ku wareejisay si uu u khaliifo. Wadaadku waxa uu baray faalka iyo sida loola xidhiidho jimanka, loona adeegsado.

Gu'yaal kadib dalkii bay ku soo noqotay iyada oo sidata tusbax dhowr boqol ah, faalka iyo xiddigiskana dusha ka haysa. Markii dhowr arrimood oo ay faalisay si fiican ugu guulaysatay bulshadii degaanku aad bay u soo dhowaysay waxana loo dhisay guri.

Qalin-shubato waxa ay dadka uga faalin jirtay abaarta, barwaaqada, colaadda, nabada calaf-doonka, arsaaqda. Iwm. Waxa ay dadka ka dawayn jirtay saaxirada, jimanka, saarka, iwm. Waxa loo qaatay awliyo. Waa laga barakaysan jiray waxana ay ku dhowaatay in la caabudo.

Qalin-shubato way siyaasado badnayd. Qofka ay u aragto inuu hadafkeeda ka hor imanayo ama khiyaamadeeda fashilayo dadka ayey ku jihayn jirtay, waxana ay hanatay aqlabiyadii dadka.

Markii ay Qalin-shubato barwaaqadaa madaxa la gashay ayaa waxa arliga yimid nin sixirka iyo faalka saancad ku qaba, ciidan adagna wata. Saaxirkan oo la odhan jiray Qamaan wuxu fahmay khiyaamooyinka beenta ah ee Qalin-shubato oo kama uu baqayn. Inta uu sixir iyo faal ku akhriyey buu ku naanaabiyey oo burjigii ka furtay. Qamaan bulshadii oo dhan buu gacanta ku dhigay. Isaga oo ka baqaya in Qalin-shubato ku soo laba kaclayso ayuu ku hanjabay in uu sixir ku dili doono qofkii uu agteeda ku arko. Cabsi darteed baan Qalin-shubato loogu dhowaan jirin.
Saaxirkan cusubi (Qamaan) dadkii wuu kadeeday, xoolo qasab ah oo aanay awoodayn buu ka qaadi jiray, dad badan buu sixir ku dilay, qaar badanna wuxu geliyay xabsiga waallida.

Dadkii khaatiyaan bay ka joogsadeen Qamaan. Waxa ay u darsadeen Qalin-shubato oo ay u haysteen in ay iyadu u dhaami lahayd haseyeeshee ma ay ogayn in saaxiriintu isku diin yihiin oo iyana hadday waqti u hesho sidan ula dhaqmi lahayd.

Waayo kadib Qamaan wuu dhintay. Dadku waxa ay u baahdeen cid kala talisa sebenka, cid u saadaalisa waayaha, cudurradana ka dawaysa maadaama aanay dadku caqiido adag lahayn, khuraafaadkuna ku badnaa kama ay maarmayn cid ay talo saartaan.
Qalin-shubato guyaashaa badan ee ay ku jirtay xabsiga waallida waxa ay seexan jirtay gidaar. Qof waalan oo aan waxba kala ogeyn baa lagu tirin jiray, haseyeeshee

markii uu Qamaan dhintay waxa la arkay iyada oo sidii hore ka duwan. Waxa markii u horreysay la arkay iyada oo meel biyo ah dharka iyo jidhka ku maydhanaysa, iyada oo makhaayad shaah ka cabbaysa, dadkana la hadlaysa.

Intii Qamaan mootanaa waxa bulshadii wareeriyey innamo yaryar oo sheegtay in ay faalka iyo dawada yaqaanaan. Dad badan baa ku dhintay geedihii ay wax ku dabiibayeen, dhexdoodana dagaal baa ka dhashay ciddii dadka hoggamin lahayd. Markii bulshadu jahawareertay ayaa dadkii tashaday oo shir isugu yimid. Waxa ay go'aansadeen in Qalin-shubato lala xidhiidho oo lala hadlo maadaama ay u muuqato in ay sidii hore dhaanto.

Markii lala xidhiidhay Qalin-shubato waxa la ogaaday in ay fayowdahay gu'yaashaa badanna ay iska dhabbarinaysay cabsidii ay ka qabtay Qamaan.

Qalin-shubato waxa ay odayadii u sheegtay in ay cilmi badan baratay intii ay xabsiga waallida ku jirtay, awliyo badan oo soo booqan jirtayna ay ka baraty tufsiirka iyo casharro diin ah. Waxa ay sheegtay in burjigeedii sii xoogaystay oo ay bulshada wax badan u tari doonto. Waxa ay odayadii go'aamiyeen in Qalin-shubato boodhka laga tumo oo talada beesha loo dhiibo. Si farxad leh ayaa loo soo dhoweeyey dib u soo noolaanshihii faalisada.

Qalin-shubato markan waxa ay ahayd islaan weyn, waxa ay u haysatay ina ay waayo aragnimo wayn ka faa'iidaysatay xabsigii waallida. Waxa ay rumaysnayd in ay bulshada dhexdeeda magac iyo maamuus ka kasban doonto, maal iyo adduunna ka urursan doonto haseyeeshee waxa aanay talada ku darsan in sannadahaas badan wax badani iska beddelay bulshada, dadkuna aanu ahayn kii ay ogeyd. Waxa aanay ku xisaabtamin xawliga xadaaradda aadamiga, isbeddelka dhaqan-siyaaso ee bulsho, horukaca aqooneed, iyo in laga gudbay khuraafaadkii iyo khayaaligii.

Qalin-shubato soo noqotay, waxa ay ballan qaadday in ay ummadda si daacadnimo ah ugu adeegi doonto maadaama ay aakhirul-cimri tahayna aanay doonayn maal iyo adduun. Waxa ay ballan qaadday in ay xerteeda u badin doonto waxgaradka iyo waayo-aragga. Waa la aaminay, waxase u qarsoonayd khiyaamadeedii kala qaybinta dadka si xukunkeedu u raago. Weligeedba way necbayd dadka aqoonta leh, waxa ay hangool iskaga qabatay waxgaradkii iyo aqoonyahankii, waxa ay soo urursatay jaabo-jaabo. Waxa ay soo dhoweyn jirtay fooxlayaasha si ay gaashaan ugaga dhigato wadaaddada dabadeed dhashay ee sadarka kitaabka sida fiican u fasira.

Qalin-shubato dadkii wuu ka horyimid. Waxa loo arkay in aanay wax urursi mooyee waxtar lahayn, waxa loo bixiyey magacyo cusub sida Danaysato, Daldala, Dumiya..
Qalin-shubato fajac baa Alla u keenay. Way hanan kari wayday ummaddii. Waxa ay aragtay kuwii ay lacagta siisay si ay u adeegsato oo iyada ka soo horjeeda. Waxa ay aragtay ummad aan danaynayn faalka iyo xadiiska, ummad aan loogu hanjabi karin fal iyo sixir. Waxa ku hareeraysan oo dhegaha kaga qaylinaya dad da' yar oo aan khuraafaad oggolayn, hablo yaryar oon midabkoodii beddelay kana maarmay calafkii markuu

raago loo faashan jiray, hablo yaryar oon ka
xishoonayn habartan ayeydood le'eg.
Qalin-shubato way yaabtay. Waxa ay suuqyada ka
dhex raadisaa habrihii da'deeda ahaa ee ka barakaysan
jiray haseyeeshee wax asaasaqay mooyee wax kale ma
hayso. Waxa ay isku haysataa in ay aakhiro seegtay,
addunyana waxba u ool, waxa ay isu aragtaa inaan
wayso u dhowrnayn. Waxa ay ku hamiyaysaa in ay dad
sii sahayato kol haddaanay adduunka ku waarayn.
Dhan walba quus bay ka joogtaa haseyeeshee toobaddu
way u furan tahay.

XOOG LIBAAX IYO XEELAD DACAWO

Hoggaamiye qaran waxa lagu tixgeliyaa haybad iyo burji madaxnimo oo uu leeyahay oo badanaa lagu kasbado aqoon iyo waayo-aragnimo hore oo uu leeyahay taas oo u sahasha in dadka uu u taliyaa si mutadawacnimo ah iyaga oo aan cidi khasbayn, cidna ka baqanayn iskood u raacaan; sidoo kale waxa hoggaamiye taladiisa ku meel mariyaa awood iyo xoog laga baqo; amase xeelad iyo farsamo uu wax ku kala wado oo aan ahayn khiyaamo.

Sifooyinka looga baahan yahay hoggaamiye qaran waa kuwo tiro badan oo aynu goorteeda iyo xilligeeda goobo kale kaga hadli doonno waxase qormadan kooban aynu ku dulmaraynaa labada sifo ee kal ah *Xoog Libaax iyo Xeelad Dawaco, sida uu ku sheegay nichola Machiavelli buuggiisa "The Prince"*

Si uu ugu guulaysto hoggaamiye maamul iyo talo ummadeed laba qodob oo loo baahan yahay in uu si togan uga faa'iidaysto ayaa ah inuu yeesho xoog Libaax iyo xeelad Dacawo oo uu wax ku kala debbero. Labadaa sifo waa kuwo aan kala maarmin oo uu hoggaamiyuhu mar walba u baahan yahay inuu ku tiirsado si uu ugu guulaysto xukunkiisa.

Awoodda xooggu keligeed ma shaqayso, mana aha mid mar walba meel kasta loo adeegsan karo. Waxa la adeegsan karaa xilliyo gaar ah, iyo meelo gaar ah, haddii la isku dayo in mar kasta la adeegsadana waxa ay meelaha qaar ku keentaa halis ka badan faa'iidadii ay keeni lahayd waana ta fashilisa ee guuldarrada u horseedda madaxda dawladaha xoogga isbida. Waxa taariikhda lagu hayaa in dawlad ama ummad kasta oo xoog isbidday ay eedday awooddii iyo xooggii ay isbidday oo aakhiritaankii u horseeday halaag ay taariikhda kaga baxday.

Adeegsiga xeelad iyo farsamo ama hab diblomaasiyadeed waxa ay iyana u baahan tahay in hoggaamiyuhu garto goortii uu adeegsan lahaa. Habkan laftiisu ma aha mid keligii mar walba lagu kalsoonaan karo. Waxa jira meelo aanu keligii waxba ka qaban karin oo u baahan in lagu ladho awoodda xoogga.

Libaaxa iyo dacawadu waa labo xayawaan oo meel muhiim ah kaga jira dhaqanka soomaalida. Libaaxu waxa uu adeegsadaa xoog taas oo uu ku mutaystay naanaysta ah '*Boqorka kaynta ama xayawaanka*'. Xooggiisa cabsi laga qabo ayaa lagaga dambeeyaa oo lagu tixgeliyaa, isaguna xooggiisa uma adeegsado si qaab daran oo kibir ah oo xayawaan kasta oo daciif ah kuma muquuniyo, waxase uu eegaa goorta ay habboonaato. Libaaxu ma laha xeelad uu iskaga ilaaliyo dabinnada iyo shirqoolka loo dhigayo.

Libaax oo boqorkii xayawaanka ah ayaa qabtay Jiir dushiisa soo maray. Jiirkii miskiinka ahaa oo gacantii libaaxa ku jira, cabsina la gariiraya ayaa ku baryootamay, "boqorow ha i dilin la arkee in aan maalin wax ku taree". Libaaxii inta uu ku qoslay oo la yaabay sida xayawankan daciifka ahi wax u tari karo ayuu iska sii daayey. Maalin dambe libaaxii oo dabin shabag ah oo loo dhigay garanla' si uu uga baxo ayaa Jiirkii yaraa oo abaalkii gudayaa goobtii yimid oo ilkihiisa kaga jarjaray shabaggii sidaas baanu Libaaxii uga badbaaday dabinkii.

Dawacadu iyadu waa xayawaan tabar yar oo aan lahayn xoog ay wax iskaga caabbido laakiin ku meel marta xeelad iyo farsamo ay kaga badbaado xayawaanka ka xoogga badan ee Libaaxu ka mid yahay, qaarkoodna waabay ku xeeladaysaa.

Haddii aad hoggaamiye tahay waxa muhiim ah in aad labadaa sifo isku darsato maxaayeelay arrimaha qaar waxa ay u baahan yihiin in xeelad iyo farsamo lagu furdaamiyo, meelana xoog. Haseyeeshee waa in ay labada farsamoba noqdaan kuwo sharci iyo jid ku fadhiya oo aanad cidna ku dulmayn xaqeeda, kuna gardarroonayn balse aad si caddaalad ah ugu adeegayso ummadda aad madaxda u tahay. Xeelad kasta oo aad si khaldan oo aan sharci ahayn u adeegsataa waa khiyaamo oo adiga ayey dib kuugu soo noqonaysa, xoog kasta oo aad dawdarro ku dhaqaajisaana waa kibir waxana uu noqonayaa biyo col dhaanshay, waxana markhati kuugu filan tariikhda ummadaha oo aad dib u milicsato.

Nin aad fadhiga kaga adag tahay ha u sare joogsan. Maahmaahdani waxa ay ku fadhidaa xikmad balladhan oo sheegaysa in aad xeelad adeegsato haddii meel ama arrin lagaaga xoog bato. Waxa ay ku faraysaa in aanad muujin tamar darradaada haddii tuhun lagaa qabo dartii lagaaga baqayo, waase in aad adeegsataa hubka diblomaasiyadda ee aamusnaanta, degganaanta, talo-badsiga iyo goolaaftanka adiga oo aan ku degdegayn in aad gacan fidiso.

Sida la wariyey habeen baa dacawo meel ku haysatay xoolo uu col soo weeraray. Dacawadii isma ay waalin, mana ay cararin kolkay aragtay ciidanka ka tirada iyo xoogga badan e inta ay meel ku dhuumatay ayey ka fikirtay wixii ay yeeli lahayd. Markii xoolihii la dareersaday ayey daasado shanqadh badan iyo maryo xidhatay oo faras ka daba fuushay ciidankii xoolaha dareersday. Ciidankii baa markay shaqadhii faraska iyo daasadaha maqleen cagaha wax ka dayey. Markii ciidankii yaacay inta ay aayar iska aamustay xoolihii sooma ay ceshane inta ay farxad iyo qosol is-hayn wayday bay kor ugu qaylisay "Deyo Cali bay dad moodeen oo duunyadi uga yaaceen." halkaas baa colkii dib u soo noqday oo xoolihii mar labaad ku kaxaystay. Sheekadaasi waxa ay fasiraysaa maahmaahdii aynu kor ku soo sheegnay ee ahayd in aanad u sare joogsan qof aad fadhiga kaga adag tahay. Dacawadu way samaysay xeeladdi ay ku soo dhacsan lahayd xoolaha haseyeeshee waxa ay u sare kacday arrin aanay u hayn xooggii ay ugu babac dhigi lahayd.

- o Yeelo xoog Libaax aad ku muquuniso ciddi mutaysata adiga oo mar walba ka fogaanaya gardarro, iyo
- o Xeelad dacawo oo aad ku maamusho ammuuraha aan geyin hubka xoogga.

Waxa muhiim ah in aad kala taqaan goorta aad isticmaalayso xoogga iyo marka aad adeegsanayso xeeladda adiga oo eegaya arrimuhu sida ay ugu kala habboon yihiin.

INDHOOLE IYO CURYAAN

Waxa la sheegaa in qiyaamaha ay doodaan nafta iyo jidhka dambiilayaashu marka loo yabooho cadaabta. Maalinta qofku isdiido ee loollan dhex maro nafta iyo jidhka ee midiba ka kale dhibsado ee dambiga ku riixo, jidhkaa hadla oo yidhaa, "Anigu jidhkaa khalliga ah baan ahay, haddaan naftu igu jirin mayd meel yaal baan ahaan lahaa oo waxbaba ma samayn kareene nafta ha la cadaabo iyadaa dhibaatada keentay oo dambiga i gelisaye".

Naftii baa iyana odhanaysa anigu wax muuqaal jidheed oo aan wax ku sameeyo ma lihi, waxan ahay shaygaa aan la taaban karin, waxba ma samayn kareen jidhka la'aantii, isagaa ii horseeday dambiga ee ha la cadaabo. Haddaba su'aashu waxay noqotay labadooda yaa mutaystay in la cadaabo? Waxa si masaladaa garashadeeda loo fududeeyo tusaale loo soo qaatay sheekadii curyaankii iyo indhoolihii u heshiiyey inay beer aanay lahayn si khiyaamo ah u gurtaan. Sheekadaasina waxay ahayd sidan.

Waxa wada joogay laba nin oo mid indhoole yahay midna curyaan. Meel woxogaa u jirta waxa ku taallay beer khudaar ah. Labadii nin waxa ay ku guulaysteen in ay si tuugo ah u gurtaan beertii. Curyaankii oo beerta sheedda ka arkay baa indhoolihii ku yidhi,

" War halkaa beer baa ku taal, anigu ma gaadhi karo oo waad i aragtaa nin curyaan ah baan ahay, adiguna ma arkaysid oo indhoolaad tahaye maxaynu yeellaa waynu u baahanahay inaynu midho ka soo gurannee?"

Waxay ku heshiiyeen in indhooluhu, maadaama uu laxaadkiisii kale qabo, uu qaado curyaanka oo isagu

beerta arkaya. Sidii bay yeeleen oo beertii ku xadeen.
Haddaba labadooda yaa dambiga leh?

Markaynu arrintan ku cabbirno nolosha adduunyo ee
aadamigu wakiilka ka yahay maxaa la gudboon dadkii
beerta lahaa haddii ay ogaadaan khiyaamada labadaa
shakhsi ay kula kaceen hantidaasi?

Sidee xaal noqonayaa haddii labadii wax gurtay
dambiga midba mid ku riixo oo midkoodna qiran
waayo, curyaanku indhoolaha eedda saaro,
indhooluhuna curyaanka?

Maxay yeelayaan dadkii beerta lahaa haddii labada
khaayin gar bixi waayaan islamarkaana haystaan dad
ku taageersan gardarradooda?

Ma xoog baa wax lagaga qabanayaa mise xeelad?
Miyaa la saamaxayaa mise waa loo samrayaa? Wax ka
qabasho ha dambaysee horto keebaa leh gardarrada?

Nin u dhexeeyey saddex cadow oo hareeraha ka xigay
oo kala ahaa gumeystayaashii Ingiriiska, Talyaaniga
iyo Ina Cabdulle Xasan ayaa isaga oo garan la'
saddexdan kala jiidanaya ee haddii uu mid raacaba ka
kale cadow u arkayo gabay uu tiriyey waxa ka mid
ahaa;

Xaggu gaal,

Xagguna gaal,

Xagguna sheekh wax gawraca'e,

Geesteennu raacnaa… laguma guulaysto?.

DHIBBAN IYO DHEGOOLE

Dhibban markii ay indho qabtay way taqaanay sida rag la isaga celiyo. Shisheeye iyo sokeeyeba way soo martay. Gacmo jilicsan iyo kuwo qallafsanba way u kala wareegtay , maal adduunyo jaad walba Ilaahay wuu ku mannaystay, waxa lagu dilaa oo lagu damcaa waa waxeeda. Kuwii ay u dhaxday baa ugu darnaa. Ilaa carruurnimadeedii cid u roon may arag. Allaylehe haddii laga tegi waayo markii ninka shisheeye ay u gacan gashay baa tolkeed u muujiyey waxtar laxaad leh oo naf iyo maalba loo huray si looga furdaamiyo oo warqaddeeda looga qaado. Waa laga dhiciyey dhagar qabihii shisheeye, xoogga ku haystay ee dhiiggeeda nuugayey. Laakiin maxaa u beddelay? Iyada oo dhowr nin oo hore ku hungowday baa waxa dhabargaraacay habaar-qabe kolkii hore la mooday mid nasteex u ah. Waa soomaali iyo caadadeede wixii dhaqanku ahaa baa laga maray, isaguse wuxu noqday nin aan xeer qaban. Gabadhu jinniyad bay lahayd loo wada hamuumo oo nin kasta oo soo hungureeya daacad bay moodaysay oo waxa ay is lahayd malaha kanaa aayahagii ku jiraa, nin walibase wuxu ahaa khaa'in u soo biyeystay siduu hantideeda u guran lahaa.

Maanta maalin ay kaga darantahay may arag, ninkeedii hore ee wedku kala kexeeyey waxay isku sagootiyeen qaylo iyo qaxar, kan dambe wuxu u muujiyey debecsanaan iyo beer jileec markuu sasabadeeda ku jiray, way indho la'ayd oo may arkayn ninku siduu u egyahay, hadalkiisa naxariisi way ka muuqatay ficilkiisase mooyi.

Sheekada dadka waxa ay ka maqlaysay in tii indhaha la'ayd ay heshay nin xoog weyn, qurux badan oo hanan kara laakiin dhegoole ah, cawadeeda...Calankeeda..Alla nasiib badanaa!...Hadday heshay nin dhego la' maxaa iyada ka galay ku filane, waa laga yaabaa inuu u dhaamo qaar badan oo dhego qaba...haseyeeshee iyadu quruxdiisa way ka indho laadahay oo waxba uguma filna, ma leh ayaan ay ku aragto oo ay maalin qudha kaga bogato.

Maxaa ka dambeeyey...halkii uu ka shaqo tegi lahaa waxa uu u soo dhigtay hantideedii iyana cabasho iyo qaylo ayey raaxada kaga qaaday..Isagu ma isagaa dan iyo muraad kaleh, weligeedba ha qayliso, dhegoba uma leh, afka ay dhaqdhaqaajinayso wax dheer ma arko.. Inay ammaanayso iyo inay dhaleecaynayso ma kala garto... Wuxu ku foogan yahay gurashada hantideeda... Ninkeedii hore laftiisu hantideeda ma nabadgelin jirin wuxuse kan ku dhaamay wuxu ahaa nin xididka iyo ehelka xidhiidhiya oo hantideeda qoyskeeda iyo walaalaheed wax buu ka siin jiray... Kani isaga waxad moodaa geed jasiirad ka baxay, cidna waxba iskagama tiriyo, gurasho mooyee garasho ma leh, meel uu hantida geeyo lama oga ...

Maalmahan dambe Dhibban iyo Dhegoole waa isku jiq, wuxu u soo dhigtay dahabkeedii dhegaha iyo luqunta u sudhnaa...intuu kala baxo ayuu Maar ugu beddelaa...iyada qaylo ayey naftii kaga baxday...garayska inuu ka furto ayaan waxba ku ahayn, way ka cabsi qabtaa.. Gargaar Eebbe mooyee gacal iyo xigaal wax kama sugayso...filkeedu ma yara oo muddo cirka lagu barto way hoos joogtay... sannad guuradii dhalashdeeda ilaa maanta oo ay waayeelowday caqli iyo cilmi midna uma kordhin... mar walba way dagantahay... waxay u dagantahay doqon iyo dammiin...waxay u dagantahay danayste iyo daallin...

waxay u dagantahay damaaci iyo cadow..... tolow yaa
gartooda qaadi waa kuwan oo way isla kadeedan
yihiine. Waa laba isqaba islaan indho la' iyo oday
dhego la' Dhegoole wuxu ku fikirayaa siduu
hantideede uga xoolaysan lahaa.. wuxu u arkaa inaanay
isku raagi doonin.. waa inuu ka xoogasdo, ka haamo
buuxsado. Iyadu waxay ku fikirtaa inay aqalka ku
gubto ninkan aan qayladeeda dheg u lahayn... way
dareensantahay sida uu uga danaysanayo, way
calaacalaysaa.. codkeedu wuu dheer yahay...waxa
ereyada afkeeda ka soo baxaya ka mid ah:
Gudcur aan caddoba jirin
Indhahaa cadceedoo
Cidlo kaaga weheloo,
Cabsi kaa kexeeye
Labadeenna caynaan
Haddii cad ku xidhan yahay
Cudud iyo laxaad kale
Illayn laguma ciil baxo
Murtidaa abwaanka ayey ku celcelinaysaa. Waa loo
jawaabayaa, dhawaaq dheer oo keeda oo kale ah ayaa
u baxaya... ma garanayso cid uu yahay iyo dhinac uu
ka baxayo... toloow ma walaalaheed baa.. ma guurdoon
kale oo u geed fadhiisanayaa... berigii ay gabadha
ahayd baa loo geed fadhiisanayee.. immika.. haddaa
ma cirsan ka yeedh baa.. waxa ka mid ah ereyada ku
soo duulduulaya:
Weligiiba ha is dedo
Ha iska dhigo nin daacada..
Waan ognahay dambiilaha
Iyada ereyadani waxay markiiba u anfaceen inay ku
gufaysato meel ka bannaanayd..waxa ay u fahantay in
isaga loola jeedo.., isagee..isaga laftiisa... hadda isaga
laftiisa... mooyise inta dhawaaq wax tari karo ee uu
dareen dhegoole wax ka beddeli karo... toloow ma loo

baahan yahay in loo iisho hab kale oo dhegoole wax loogu sheego... dhegoolaha laftiisu wuxu u baahan yahay af uu yaqaan oo lagula hadlo.. af dhegoole laakiin iyadu ma taqaan.. waase inay raadsato cid af dhegoolaha taqaan.. oo daacad ugu turjunta.. oo tolow markii hore ee uu guursanayey siday isu afgarteen yaa u kala turjumay..oo hadduu markaa turjumaan jiray si daacad ah ma ugu kala turjumay.. mise dhinac buu ahaa oo labadooda midna run uma sheegine inuu sax iyo qaladba isugu keeno shilin dillaal ah baa kaga xidhnaa oo uu bislaysanayey...dantu waxay ku jirtaa in labada qof la kala gaadho.. ugu yaraan ajar iyo xasanaad baa ku jira..

Islaanta Dhibban waxa mar kale dhegaheed ku soo noqday isla ereyadii :

Weligiiba ha is dedo

Ha iska dhigo nin daacada

Waan ognahay dambiilaha

Oo hadday og yihiin miyey ka qabtaan, maxay ugu eegayaan? Dhegoole waa kaas, ma dhaaddana dhacdooyinka adduunka ka socda, dhawdhawdu uma dhacsana. Dhibban waa taas...

MEEL MADHAN MUGGEED

Weli ma aragtay, mase maqashay ri' madaxa la gashay daasad, kildhi ama dheri? Waxa jirta sheeko soomali tibaaxda in uu jiray reer lahaa wax xoolo ah <u>ri iyo dheri</u> ay wax ku karsadaan. Maalintii dambe ayaa ri'dii madaxa la gashay dherigii si looga saarana la garan waayey. Nin aqoon la bidayey baa loo tegay oo ku taliyey in ri'da madaxa laga jaro si dherigu u badbaado. Markii ri'dii madaxa la jaray ee madaxii dheriga laga soo saari kari waayey ayuu haddana ku taliyey in dheriga la jebiyo si madaxa looga soo saaro. TALO XUMO!! halkaasaa dherigii iyo ri'diiba lagu waayey.

Taasi waxa ka darnaa tii aan goob-joogga ka ahaa: Waa laba riyaad oo daasad qudha madaxa la wada galay, daasad nooca caano boodhaha ah, kolkaasay midiba jiho u carartay tiiyoo madaxoodii daasaddii ku jiro. Markii halkaa la marayey ayaa talo loo baahday si loo badbaadiyo riyaha.
Su,aashu waxay tahay maxaa markii hore riyaha u geeyey inay daasadda madaxa la galaan iyaga oo aan ka fikirin siday uga soo bixi lahaayeen?. Ma aqoondarraa? Ma caqli darraa? Ma damac iyo doqonniimaa? ma hunguri xumaa illayn waata soomaalidu tidhaahda hunguri wedkii ma arkee?….Sababtu muhiim maaha ee waxa meesha yaalla uun badbaadinta riyaha dheriga yeelkiiye.
Hadduu qofku dayoobo oo garan waayo jihaduu u socday wuxu wax weydiiyaa wixii dad ka soo hor baxa, wuxu fikir badan ku bixiyaa siduu ku heli lahaa jihaduu u socday si uu halis oo dhan uga nabadgalo. Waxadse ka warrantaa haddii dadkaad wax weydiin lahaydba wada dayeysanyahay, waxad ka warrantaa dad iyo dal

dayoobay oo jihadii ka luntay, markay sidaa tahay yaa wax la weydiiyaa, ma dalka kuugu dhow ee aad jaarka tihiin, ma kuwo durugsan oo aad saaxiibtinimo iyo nasteex bidayso?

Marka dunida oo dhammi cadow iyo col kuu tahay maxay noqonaysaa talada iyo tilmaanta ay ku siiyaan?

Nin Hoggaamiye ah baa socod askareedka gaardiska loo yaqaan ku hor socday dad tiro badan oo daba gaardiyayey. Qayb kale oo dadka ka mid ahina jidka ayey hareera tubnaayeen oo way daawanayeen. Waxa dhacday in jidkii ay ku gaardiyayeen xagga hore ka soo xidhmo oo ku dhaadhacay booraan halis ah oo laga daadan karo iyo gidaar aan laga gudbi karin.. Qof ka mid ah dadkii daawaneyey baa ku dhawaaqay, "War jidkan aad ku socotaan wuu xidhanyahay". Ninkii hoggaamiyaha ahaa kolkuu maqalay dhawaaqii ayuu dib u eegay dadkii daba gaardiyayey, kolkuu arkay inay daba socdaan buu niyadda ka yidhi *waan hagaagsanahay, jidkii saxda ahaa baan ku socdaa waa kuwaa i daba socda dadkii caqliga iyo garaadka badnaa ee i raacsanaa illayn way iga hadhi lahaayeen haddaan khaldanahaye.*
Dadkii daba socdayna iyaga oo laftoodu dhawaaqa digniinta ah maqlaya ayey eegeen hoggaamiyahoodii oo si fiican u hor gaardiyaya,
Waxay yidhaahdeen: W*aannu hagaagsannahay maxaayeelay waa kaa hoggaamiyihayagii caqliga badnaa ee aannu doorannay na hor socda, isagaa wax walba garanayee illayn wuu ka joogi lahaa dariiqa xidhane.*

Maxaa laga fishaa hoggaamiyaha caynkaas ah iyo dadka jaadkaas ah, maxaase la gudboon kuwii daawanayey oo waajib ka saaranyahay badbaadinta walaalahood?

Hoggaamiyayaal badan baa cabbirkoodu had iyo jeer ku salaysan yahay in mar haddii dad badani daba socdo ay ku taagan yihiin dawgii hagaagsanaa.

Hoggaamiye kasta waxa looga baahanyahay inuu dhugmo iyo fiiro u yeesho dhawaaqa iyo digniinaha ka soo yeedhaya dadka dariiqa hareera taagan ee aan iyagu dan gaar ah ka lahayn aan ahayn badbaado guud. Dadkuna waa in aanay sax iyo khaladba ku taageerin madaxdooda maxaayeelay taasi waa mid aan cidna dani ugu jirin iyaguna ku halaagsami doonaan.

Haduuse hoggaamiyuhu isku xeero inta dad ugu shar badan waa mid masiibada ka dhalataa cid walba gaadhi doonto oo ay iyaguna ku jiraan. Waxa la yidhi hoggaamiyaha wanaagsan wuxu Ilaahay siiyaa la taliyayaal iyo wasiirro wanaagsan.

WAAN SOO QALDAMAY

Qulluufan qallaafan,
Waraabe dheg jeexan
Shabeel indho giiran...
Waa maxay dadkani tirada badan ee igu xeerani?
dadku dhaadheeraa, waaweynaa, sownigan hoostooda
ku shiiqay...Maxay ii sheegayaan? Maxay iga
rabaan?...sownigan gariiraya,...hadal...hadal bay i
leeyihiin maxaan ku hadli, dadka intaa le'eg maxaan u
sheegi weligayba gole kama hadale, laba qof ka badan
lama hadale...maya soco waad samayn kartaa...iska
hadal haddii ay ugu bataan way kugu qosliye, muxuu
qosol ku yeeli ma feedh buu kaa jebin?
Waanigan aniga oo gargariiraya ereyo af guri u badan
si kala googo'an ugu dhawaaqaya...haddana sow
kuwan ii sacab tumaya..maxaa ku dhacay dadka, sow
kuwa dad waaweyn ah...waxa aan ka baqayey in ay
igu qoslaane, miyey iga xishoonayaan mise waa ka
dhab?
Waa kuwan hawsha ii diray...hawsha intan le'eg
maxay iigu dirayaan..maxay iga luggoynayaan iyana
isku heerayaan...maxaan tari karaa iyaga, naftaydase
maxaan tari karaa?
Waxaba iigu daran kuwan koofiyadaha iyo
cumaamadaha waaweyn ee bakooradaha iyo
macawisaha leh ...
Bal kan cirrada leh ee booshcaddaha ah eeg ee aad
mooddo sidii uu u dhashay in aanu timihiisa saliid
marin..haddaa ma sidaasay u caddaan
lahaayeen...muxuu ka hor qabanayaa dadkan ehlu
sharafka ah ee koofiyadaha iyo cumaamadaha sita,
miyaanu isku xishoonayn iyaguse miyey iska hor

dhaqaajiyaan mise haybaddu waa dushee waxba ugama hooseeyaan?

Bal fiiri isna kan bidaarta leh ee aad mooddo in uu barafka ka fooraro ee aad mooddo jinac hangool sita oo diin qodax ka goynaya…ama bayloodkii qaranka ee berigii riwaayadda ku jiray… bal dhowr dhaashanahan dhafoorka ballaadhan ee aad mooddo in uu cawaandad isla maroorinayo…caddaan weyne cadow ha ii jebin.

Yeelay taladii dadka…ku sii durkay buulka sidii awrkii ninka carbeed oo madaxa iyo dhegaha la galay dabeed ninkii dibedda u saaray..dadkiina dabada iga riixe oo igu tukhaandukhi gudaha…waaniga gudaha ku dhacay… aqal diirran..sariir iyo kuraas balballaadhan…qurux weynaa buulku ma sidanuu ahaa…dusha ka fool xumaa..gudaha ka quruxsanaa…cawadayda, calankayga, car waaba cidda iga saarta…iyaga dhaxantu dibedda ha ku disho, iyagaa tiro badane ha is barkadaan oo badhkood badhka kale ha dugaashiyo, maxaa aniga iiga kun iyo sagaal boqol ah.

Laakiin waa maxay isbeddelka intan le'eki…sow kuwan dadkii yaryaraaday ee aad mooddo kuwii sheekadii socdaalkii Gullifar…sow kuwan qudhaanjada la mooddo ee bakooradahoodii dirqiga lagu arkayo ee codkooda dirqi lagu maqlayo, ee markaan weyneysada u qaato aan arkayo in ay afka dhaqdhaqaajinayaan…tolow miyey i ammaanayaan mise way iga cabanayaan…oo kabtayday le'eg yihiine maxay iga qaadi karaan…maxaa dadka ku dhacay sow kuwii shalay maroodiga le'ekaa anna aan takarta ka yaraa… mise waa yaabe iyagu intoodii bay le'eg yihiin anigaa kala baxay oo kala fiday oo markii jidhkaygu weynaaday bay dhegahayga balballaadhani maqli kari waayeen codkooda caadi ah?…dadku ma iyagaa yaraaday mise anigaa weynaaday….mise waa indhahayga…maxaa si ah!!!. Bal aan shaydaanka iska naaro.

Sow kuwan kuwii cumaamadaha waaweynaa noqday kuwa ugu nugul…sow kuwan hadlakaygii bilaa xikmadda ahaa u sabcinaya..sow kuwan gar iyo gardarraba igu raacaya…laakiin maxay xikmadda iyo aftahammadu tartaa kol haddii intaydii yarayd iyo agnaanimadii ka anfac roonaatay?

Tolow maxay igu qabaan… ma waxan yar ee gacmahayga waaweyn ka daadaadanaya? Midhadhka sonkorta ah bay ku qancayaan…ma intaasaa ku filan…haddii ay ku filan tahay miyaan u waayayaa markaan kiishka sonkorta gacanta geliyaba kollay midhadh baa iga daadanaya aanan ciidda ka soo saari karayne… maxaa ku jaban hadday afka u dhigtaan oo iigu sabciyaan?… oo sow kuwa dad waaweyn ah siday ugu fillaan.? Maya, maya…da'dooda uun baa weyne sow kuwa kan muuqaalka qudhaanjada leh?

Haaa… mid baa iigu daran, werwer baa igu jira…dadkani markaan isbarannay way waaweynaayeen anna waan yaraa.. xabbad hadhuudh ah iyo digaagaddii qaadanaysay baannu isku ahayn…maxay ku yeeli karaan immisaad qudhaanjo cagaha ku qaadatay adoon ogayn…maya…sidaa maaha..yaraanta iyo weynaanta maaha…xaalku waa si kale..Namruudba kaneecay ahayd…Ilaahow ha nagu sallidin…

Weli cabsi baa igu jirta…waxa aan ka baqayaa inay igu weynaadaan anna aan yaraado oo arrinku sidii uu ku bilaabmay dib ugu noqdo.

Bal hadda labadan nin ka warran…kan barafka ka fooraraa dhib iguma hayo dhowrka bilood ee xagaaga marka barafku dhalaalo ee uu madaxa kor u qaado uun buu i arki karaa..inta kale sow kan foorara, sowkan finjiriira ma isagaaba ii jeeda..inta xagaagana waan iskaga jihayn..waa nin aan indhihiisu jiilaalkii oo dhan wax arage intaan gees u dadbo ayaan ku odhan bal eeg kan dhaashane ee dhafoorrada weyn ee ku soo eegaya..marka dhafoorka dhaashane indhaha ka cawarana isaga uun uun buu ku jihaysnaan, qalin ku-dirirkaan la maragsan anna kiishka sonkorta gacanta waan u gelin…waan u qadhiidhi waan ogahay inuu macmacaanka jecel yahee.

Dhaashanay noqotay? Ninku waa nin dhib badan…cidna ma maqlo..waxaan kabahayga iyo koodhkayga ahayn kuma qancayo, oo maba le'ekee siduu u gashan ma nnagaa laba nin oo isle'eg ah? Anba miyuu i le'ekaa isaga oo iga weyn baan isku hilay oo waan ku fidaye.. Dhaashane sow kan weliba sii yaraaday inkasta oo uu dadka kale woxogaa ka weyn yahay..Ma kabo iyo koodh lagu siiyey baa ku le'ekaan waaya sow kuwa dawaarle iyo kaboole u nool?

Dhaashane waxba ma maqlayo, macmacaan nin u jeeda maaha, afkayga uun buu eegayaa, muxuu iga dhowri arsaaqadda Eebbaa bixiyee…miyuu markiisa sugo se kabaha iyo koodhka aan uga horreeyey maxay u tari…xin iyo xaasid…waa halkii reer xamarkee ha i cawryin, ha i cunin…

Haaa..hadda wewer baa i haya…meesha kama kici karo…afkii baa iga weynaaday…nin kii hore ma ahi…dadku way ila yaabban yihiin waxa ay i moodayaan ninkii miskiinka ahaa ee ay ogaayeen sannado ka hor…miyaanay ogayn in aan isbeddelay..in waayuhu i beddelay…in aan damaaci noqday oo awal waxayga ayaan dadka uga tegi jiree maanta cid walba waxeeda ku haysto…ma keligay baa adduunka oo dhan baa sidaa ahe!

Werwerkii wuu igu sii cuslaanayaa, wax baa halkaa ka soo madow, tolow ma roob baa?, madowgii soo dhowaa, waa higil socda.

Alla hayyaaay…wax baa dhacay…bal eega! waa maxay waxani…sow kuwan dadkii soo waaweynaanaya… Soo dhaadheeraanaya…hal mitir…laba mitir…toban mitir… way cir baxeen…anigu intaydii baa le'ekahay waan sii yaraanayaa markay sii dheeraadaanba… Allow ii sahal…cabsi weyn baa i haysa, sownigan qudhaanjada le'ekaaday, waxa aan ka baqayaa in ay igu joogsadaan, kabaha ila dul maraan, waa kuwan cagahoodii kolba dhinac iga maraya, anna aan ka hoos dusayo, ka mitilikhaysanayo..ima arkayaan, haddii ay iga baydhi lahaayeen diirad ma haystaan ay igu arkaan, dhawaaqayga ma maqlayaan oo dhegahoodu dhulka way ka dheer yihiin. Qadhiidhkii sonkorta ahaa wax tari maayo…afkoodaba kuma filna…jawaanno ayaan ku filnayn si wax loo siiyo ma leh…talaa loo baahan yahay..waryaa talo haya…ma nabsigii taladii aan hore u diidaa…dadooow…dadoow maxaan yeelaa? badbaadaan doonayaa… waxa aan u baahanahay talo!!!

GARTII INDHO DHEGO

Waxa la weriyey sheekada islaan u soo baxday baadidoonka riyaheedii oo ka lumay. Waxa ay kolba dhinac u meeraysataba, waxa ay ugu dambayn ku soo baxday oday weyn oo jidka dhinaciisa shaah ku karsanaya. Odaygu wuu dhego cuslaa, iyadoonse dareensanayn in uu dhega culus yahay ayey weydiisay: "Ma aragtay riyo baadi ah"?
Odaygu waxa moodayey in ay weydiisay ceelkii biyaha oo dhinaca dooxa ayuu gacanta ugu fiiqay.
Islaantii inta ay u mahad naqday ayey xaggii dooxa u dhaqaaqday. Halkaas baanay si lama filaan ah uga heshay riyaheedii.
Waxa ay heshay riyihii oo bedqaba, waxar yar oo lug ka jabtay mooyee. Inta ay waxartii sinta ku soo qaaday ayey riyihii soo kaxaysatay. Waxa ay soo ag martay odaygii, kolkaasay is ag taagtay si ay uga mahadnaqdo riyaha uu u tilmaamay. Waxa ay abaal uga dhigtay in ay siiso waxartii lugta ka jabtay.
Laakiin odaygan dhegaha culusi muu fahmayn waxa ay islaantu ku hadlayso, markii ay waxarta xaggiisa u soo fidisayna waxa uu u qaatay in ay leedahay adigaa iga jebiyey oo ay dacweynayso, aad baanu u xanaaqay.
"Anigu shaqo kuma lihi" ayuu sare ugu dhawaaqay
"Laakiin adigaa ii tilmaamay meesha ay joogaan" bay islaantii tidhi.
"Waa arrin riyaha oo dhan ku dhacda, aniguna shaqo kuma lihi" ayuu haddana kor ugu qayliyey odaygii oo fiigsani.
"Waxa aan ka soo helay halkii aad iigu tilmaantay, waxanan doonayaa in aan waxartan abaal kuu siiyo " bay tidhi islaantii.
"Ha i caayin, anigu waxaraha ma jebiyee" ayuu ku dhawaaqay odaygii isaga oo cadhaysan kolkaasuu

islaantii dhirbaaxay oo ye "Orodoo iga tag anigu weligay waxartaadan ma arage"

"Ma arkaysaan in uu i dhirbaaxay? Maxkamadda ayaan ka dacweynayaa "bay islaantii dadkii ku soo xoomay ku tidhi.

Markaas ayaa islaantii oo waxartii laalaadinaysa, odaygii dhegoolaha ahaa, iyo dadkiiba garsoorihii ugu tageen maxkamadda.

Garsoorihii baa u soo baxay si uu cabashadooda u dhegaysto.

Ugu horrayn islaantii baa hadashay, kadibna odaygii, kadibna dadkii. Garsoorihii madaxa ayuu kor iyo hoos u ruxay. Laakiin hadalkan dadku macno uma samaynayn garsooraha oo sida odayga ayuu isna dhego cuslaa, weliba aragga indhahana wuu ka liitay.

Ugu dambayn garsoorihii inta uu hadalkii xidhay ayuu go'aankii garta dhiibay. Waxa uu yidhi

"Dadkiinan xaasaska ahi inaad maxkamadda isa soo tubtaan ceeb bay ku tahay boqorka". Waxa ku jeedsaday odaygii oo ku yidhi, "Immika laga bilaabo islaantaada ma dili kartid".

Haddana islaantii waxarta gacanta ku haysay buu ku jeedsaday, "Adiguna iska daa caajiska oo odaygaaga cuntada ha kala habsaamin."

Waxa uu intaa raaciyey isaga oo indho darraanta darteed waxarta moodayey ilmo yar, "Ilmahan yar ee aad wadataanna Ilaahay cimrigiisa ha dheereeyo oo ha ka dhigo kii idin anfaca".

Dadkii oo fajac iyo anfariir ku dhacay oo caddaaladda garsooruhu yaab gelisay baa halkii ku kala dareeray.

ANIGAA ISKA KIIN OG

Golaha Murtida iyo Madadaalada (Tiyaatarka)-waa sidii loo yiqiine-ee magaalada Hargeysa ayey ahayd xilli cadaadiska iyo cabudhisku aad u weynaa oo diidmada lagala horjeedo kelitaliskii Kacaankii xoogga ku haystay dalkii Soomaaliya ay cirka isku shareertay. Waxa khudbad la sara kacay Jeneraal Gaanni oo ahaa taliyii qaybtii 26aad ee xoogga dalka soomaaliyeed. Dadweyne aad u tiro badan oo cabsiyi keentay baa buux dhaafiyey Tiyaatarka.

Jeneraalku waxa uu ka mid ahaa ragga dalka ugu awoodda badan. Wuu ka wood badnaa ragga dhiggiisa ah ee qaybaha tan la midka ah ka taliya. Awooddiisu aad bay uga sarraysay jagada uu hayo. Markuu khudbadda bilaabay ayaa sacab iyo durbaan lala sarakacay. Durbaankii iyo sacabkii baa joogsan waayey. Inta uu samada ka qayliyey oo weliba caytamay buu yidhi, "Joojiya!!, aånigaa iska kiin og". Dad badani waxay u qaateen inuu sikhraansan yahay hayeeshee arrintu intaa way ka qoto dheerayd. Wuxu ogaa wuxuu sameeyey falceliska ka iman karaa inaanu ahayn sacab, durbaan iyo soo dhoweyn. Runtii bay ahayd oo isaga ayaa iska ogaa. Garasho kama madhnayn laakiin, falka uu sameeyeyna ma ahayn mid aqoondarro u gaysay balse wuxu ahaa mid badheedh uu u sameeyey. Wuxu ogaa halka uu bulshada ka taagan yahay.

Waayahan dambe ee siyaasaddu sii murugtay meel kastaba ha la joogee waxa loo baahnaa inay rag badani sidiisa iska keen ogaadaan. Nasiibdarradoodu waa hadday sacabka rumaystaan, sacabka salka ku haya danaha gaarka ah, maalin dagaalka iyo mijinta qaadka ah. Garasha xumidoodu waa hadday eegi waayaan inay sacabkan mutaysteen iyo inkale. Doqonniimadoodu waa hadday garan waayaan in sacabku iyaga u dhacayo iyo inuu dhaafsiisan yahay. Hadday miisaanka naftooda iyo culayska qofnimadooda garan waayaan waxa dhacaysa in sacabku kala joogsan waayo, hadduu joogsan waayana maxaa xigaya?

QOFNIMOBAX

Maalintii uu qofnimo baxay ama la qofnimo saaray ee u horraysay waxa loo magacaabay jago wasaaradeed ama wakaaladeed mid ay ahayd aad u ma xasuustee. Beenta muu aqoon, dadkana wuxu ugu necbaa qofka been sheega. Markuu maqlo qof been sheegaya maxaa ku xaqsaday buu odhan jiray. Maalintan wuxu khudbadiisa ku bilaabay 'anigoo ku hadlaya afka hebel…' waxan is idhi sow ka af leh sidee buu af nin kale ugu hadli karaa? Ma qof baa ku hadli kara af aan afkiisa ahayn?
Sowta la yidhaa illayn af aanad lahayn lama qabto. Haddana wuxu ku xijiyey anigoo ku hadlayaa heblaayo afkeeda, ma isagaa codkeediiba leh, sow ka nin ah ma af dumar buu ku hadli karaa, golxabkii mee? Wuxun Alle ku saar.

Waad ka garanaysay codkiisa inuu gargariirayey oo uu naftiisa ku qasbayey inay tidhaahdo wax aanay doonayn inay tidhaahdo. Beenta muu aqoon, xorriyad taam ah buu haystay, cidna umuu afduubnayn, ereyga xaqa ah si cad buu u odhan jiray, maantase waa maalin kale.

Jagadani waabay uga dartay, waxay bartay wax uu ka xishoon jiray, wax uu ka xarragoon jiray. Immika isagaaba cid walba ka sii horreeya, cayda iyo xishood la'aantu waa wax uu ku faano. Neefka marka la gawraco ayaa haragga laga siibaa isagase isagoo nool baa haraggii laga siibay, haraggii qofnimada, waa kaa oo wuu qaawan yahay-mudh iyo gacan- maryahan uu xidhan yahay, suudhka iyo qoor xidhku asturaad uma aha, isagoo labbis quruxsan xidhan baa cawradiisa la daawanayaa, carruur iyo cirrooleba daawanayaan. Maalmihii hore wuu dareensanaa in wax ka maqan yahay laakiin hadda maba dareensana inuu qaawan yahay, wuxu qabaa haddaan la isqaawin inaan la qaxwaynayn, waxba la iska celin karin, haddaan dadnimada meel la dhigan, haddaan ragannimada guriga lagaga iman… sidaas bay la tahay sida maal , magac iyo maamuus lagu helaa.

Haddana waa kan Telefiishanka hor taagan, habeen walba hor taagan laakiin isma oga inuu qaawan yahay oo qaawanaantiisa laga daawanayo dal iyo dibedba, wuu isla quman yahay oo wuxu u haystaa in beenta uu sheegayo dadku rumaysanayo, taasi xaq buu u leeyahay, haddaa mar kasta oo uu fagaare ka hadlayo, uu been iyo belaayo sheego maxaa loogu sacab tumaa?

Marmar buu ka maqlaa xantiisa dadka iyagoo leh alla nin wanaagsan buu ahaa, miskiin buu ahaa, been muu aqoon, laaluush muu aqoon, xaaraan muu aqoon, way luggooyeen, alla yaa hugii dadnimada ku soo celiya… Dadku waalanaa ma madaxnimadaa qaawanaan ah, ma siyaasinimadaa been ah, ma in la shaqaystaa xaaraan ah? Miyaanay iyagu kuwa laaluushka siiya ahayn, miyaanay ahayn kuwii ninkii ka horreeyey nacas ku sheegayey markuu xoolo ka urursan waayey intuu xilka hayey?Maxay u arki laayihiin inuu immika ka wanaagsan yahay siduu markii hore ahaa…maxay beenta ugu haystaan iyagaa ku jecele, sow kuwa ku ammaana ee ugu sacab tuma, hadduu dagaal geliyo ku raaca, hadduu raadyowga ka caytama yidhaa ka caytama, maxay ku haystaan, ma iyaga laftoodaa qofnimo baxay?Hadduu qofnimo baxay sow iyagu may qofnimo saarin? Maxay qofnimo uga sugayaan, oo haddaa ma iyagaa qofnimo ku hadhay?

Awal nin aamusan oo xishood badan buu ahaa, wuu yaqaannay ereyga afkiisa ka soo baxaya, erey aanu ogayn kamay soo baxayn. Laakiin immika wuxu arkaa hadalkiisii oo ka sii horreeya isaga oon ka fikirin, wuxu garan waayaa goor uu ku hadlay, berigii hore isaga oo aan wax dhegaysan oo aan dhinaca kale fahmin muu hadli jirin maantase cidna ma sugo, afkaba iskuma daro, malaha xajiyihii baa go'ay, shaki baa ku jira in afkani kiisii yahay, wuxu u haystaa in sida loo kala tororog badan yahay loo kala aqoon badan yahay.

Wuxuu xasuustay sheekadii inantii indhaha la'ayd ee cuqdadda ka qaadday indho la'aanteeda ee dad oo dhan la collowday marka laga reebo wiil ay la sheekaysan jirtay. Wiilkaasi ayey dad ugu jeclayd, waxay jeclayd inay mar uun aragto sida uu u egyahay, waxay ku hammiyi jirtay inay is guursadaan. Maalintii dambe ayaa qof indhihiisii u saaray inantii kolkaasay wax aragtay. Wixii u horreeyey ee ay aragtay wuxu noqday wiilkii ay jeclayd oo hortaagan, mise waabu indho la'a yahay, yaab iyo fajac… waxay tidhi…hayyaaaay!!! kuma jecli maxaayeelay waad indho la'a dahay. Wuxu ugu jawaabay nabadgelyo laakiin indhayga ii ilaali. Iyadu mabay ogayn inuu yahay qofka indhihiisa u saaray. Waa aadane iyo abaalkii.

Lama oga in xusuustii sheekadani qofnimadiisii soo celisay. Oo qofnimadu maxay tartaa immisaa hortii qofnimo baxay? Maxay qaawanaantu dhib leedahay haddaan la iskula yaabayn, haddii xoolo lagu helayo? Wuxu arkayaa qaar kale oo isa soo qaawinaya oo u soo qofnimo baxaya siday booska ugala bixi lahaayeen, hadda waa kuwii isaga qofnimo saaray!

Markuu halkaa marayo ayuu maqlay dhawaaq aanu garanayn gees uu uga baxayo. Waaba maanso uu beri hore maqli jiray. *Waa cod abwaan, wuxuu leeyahay*:

Haddaan diintu qabanayn
Sharci kaa dabbaalayn
Dabar kaa ceshaa jirin
Dadku waa belaayee
In dameerka aadmigu
Derejada ka hoos maro

Ama dawladaha qaar
Xayawaanka duurkiyo
Dugaaggii ka liitaan
Kumay jirin duruustee
Diiwaanka waayaha
Dib ma loogu qorayaa?

XUSUUS BEEL

Waxa jirtay sheeko laga weriyey qoraa u dhashay qaaradda koonfurta Ameerika oo ah in beri hore uu ku dhacay bulsho meel degganayd xanuun la yidhaa 'illowsho' oo ka dhashay seexan-waa ama hurdo la'aan la soo deristay. Lama oga in bulshadaasi qaadka cuni jirtay, waxase la ogaa inay awoodi waayeen inay seexdaan, mar kasta oo ay indhaha isku qabsadaan, si ay u seexdaanna waxa hor imanayey riyooyin tiro badan oo xataa qofku wuxu arkayey riyada qofka kale ku riyoonayo. Bilowgii hore qof kastaa wuxu u haystay in keligii hurdo la'aantu ku dhacday, waxayse ku noqotay fajac markuu arkay magaaladii oo dhan oo aan seexan oo siday u soo jeeday waagii u beryey, haddana waayyo kale ugu beryeen siday u soo jeedeen.

Markii hore waabay ku farxeenoo waxay yidhaahdeen waqtiga badan ee aynu soo jeedno aynu wax badan qabsanno si aynu dunida innaga horraysa u gaadhno. Haseyeeshee hurdo la'aantii iyo soo jeedkii badnaa dhibaato kale ayey la yimaadeen. Qof kastaa wuxu isku deyey inuu nafta daaliyo, inuu sariirta isku celiyo bal inuun inay wax hurdo ahi u timaad. Dadkii waxay ogaadeen inaan jidhku sidiisaba daalin oo aanu u baahnayn hurdada balse maskaxdu marka ay in badan soo jeeddo ay masaxanto oo wixii ku jiray oo dhammi ka baaba'o taasoo keenta xanuun kale oo illowsho la yidhaado. Waxa la garan waayey waxa hurdo la'aantan laga qaaday, waxa laga gayn waayey in cuntada iyo biyaha laga qaaday mar hadday dadkii wada asiibtay. Waxa hurdo la'aantaasi ama soo jeedkaasi keenaa xusuusta oo lunta iyo illowsho uu qofku wax walba illoobo. Illowshu wuxu ka soo bilaabmaa dhallaanimadii. Qofku wuxu illoobaa xusuustii dhallaanimo, kaddib wuxu illoobaa marxaladihii uu soo maray oo dhan, wuxu noqdaa qof aan tagto lahayn oo la moodo in wax kastaa eegga bilow u yihiin.

Dadkii bulshadaasi ka koobnayd dhibaato weyn baa la soo deristay. Waxay illoobeen waxyaabihii ku xeernaa, waxay illoobbeen magacyadoodii iyo magacyadii alaabta ay isticmaalayeen. Waxay gaadheen heer qofku illaawo oo garan waayo aabbihii, hooyadii, ilmihiisa, saaxiibkii, iyo cadowgii.

Nin dadkii ka mid ah baa fikiray oo shay walba magaciisa ku dul qoray sida kursi, miis, saacad, albaab, iwm si haddii la illaawo loo akhriyo sidaas baanu qof kasta faray inuu yeelo. Xoolihii, xayawaankii iyo dhirtiina wuxu mid kasta ku dul qoray magaciisa sida, sac, ri', muus, cambe, iwm. Haddana waxa timid in shaygan la akhriyayo la illaawo wixii lagu isticmaalayey, in matalan la garan waayo waxa kursigu yahay. Si taasi looga hor tagona wuxu sameeyey inuu ku dul qoro wax kasta wixii lagu isticmaalayey sida: kani waa sac, caano ayaa laga maalaa oo waa la cabbaa…

Haddana illayn waa dad maskaxdii masaxantee illowshihii iyo xusuus beelkii way ku sii bateen, waxa la garan waayey waxa sacu yahay, waxa caanuhu yihiin ilaa qofkii wax walba illaaway, dadkii iyo dameerihii kala garan waayey, gurigiisii illaaway, wuxuu cunayey illaaway, oo xataa isagii is illaaway oo noloshii iyo geeridiiba illaaway.

INTAANU DHIMAN WUU NOOLAA

Isaga oo xabbad dheer oo sigaar ah jiidaya, mid kalena dhegta u saaran tahay ayuu aroornimo hore meel uu ka soo kallahay mooyee soo fadhiistay makhaayad yar oo bunka lagu cabbo. Waa u caado aroor walba inuu xilligaa yimaad. Inta goobta fadhiday in isaga la jaad ah bay u badnayd, qaarkoodse way ka xarrago badnaayeen oo ammintaasay suudh iyo qoorxidh xidhnaayeen, isagase shaadhka iyo surwaalka kaawiyaddu ka raagtay waxa u dheeraa kabo boodhku dilooday iyo fool iyo madax aad mooddo inaan weligood biyo la taabsiin. Ilkaha qiiqa sigaarku madoobeeyey ee uu kula baxay naanaysta 'Ilkoweyne' lama garan karo goor rumay ugu dambaysay. Qof kasta oo xalay hurdo fiican seexday wuu arkayey in ninkani indhihii xalay ku soo jeedo.
Arooro badan meesha way ku arkeen isagoo qaadirada hurdo la'aantu foolkiisa ka muuqato. Kol uu mid u dhowaa waydiiyey xagguu u kallahayo ee u shaqo tegayo wuxu ku warceliyey inaanu shaqo tegayne uu hurdo tegayo.

Cidna lama uu hadlayne wuxuu dhib ka haystay siduu sigaarka afka ugu jira iyo koobka bunka ee uu debnaha la tiigsanayo u kala ilaalin lahaa. Marar badan buu isagoo sigaarkii qaniinsan, bunkiina kabadday oo mashaqo la kulmay. Waxa dhegihiisa ku soo dhacaya oo xiiso geliyey sheekada qaar meel u dhow fadhiyaa isweydaarsanayaan. Muddo dheer muu arag sheeko xiiso gelisa xilliyadan oo kale, arooraha hore, markuu sii hurdo tegayo. Waxa sheeko xiiso leh ugu horreysa saacadaha ka dambeeya salaadda casarka marka mirqaanku ku duxo ee baaldiga biyaha ah iyo baakidhka sigaarka ahi hortiisa yaallaan, garaabaduna isbiirsato ee uu hortiisa iyo hareerihiisaba ku arkayo kuwo la mid ah oo muranka, qaylada iyo ismaqal la'aantu isku dubbo dhacaan.

Arooryadan hore ee saaka waa kan indhaha ku dul illaaway kuwan ka yaabiyey ee goobta ku sheekaysanaya.

Waxay ahaayeen niman iswaraysanaya oo qaarkood aanay maanta ka hor goobta ku kulmin. Waxa ka fajiciyey waxa ay ka sheekaysanayaan. Mid baa weydiiyey ku kale, "Xaggeed ka soo dhimatay?"

Dadka caadiga ah ee goobta fadhiyey way la yaabeen weydiintan qaabka daran. Xagguu ka soo dhiman sowkan ifkii jooga? Waxase yaabku ku sii kordhay kolkii kii la weydiiyey isaga oo aan dhibsan ku warceliyey, "Waxan ka soo dhintay dalka Ingiriiska, magaalada London, adiguna xaggeed ka soo dhimatay?"

"Maraykan baan ka soo dhintay?" buu ugu jawaabay.

"Oo halkaana miyaa laga soo dhintaa? buu weydiiyey.

"Maxaa looga soo dhiman waayey sow geedku meel walba ma gaadhin" buu ku jawaabay.

Ilkoweyne isagu ilkihii dhaadheeraa buu ku dhowray isagoo afka kala waaxaya oo indhihii awalba isku dhegsanaa sii yaryaraynaya.

Intay isagii ku soo jeedsadeen bay labadii nin si wadajir ah u weydiiyeen, "Naga raalli ahow saaxiib, ma ku weydiin karnaa adigu halkaad ka soo dhimatay, nin beri hore soo dhintaad u egtahee?"

Isagoo taagtiisa dhoollacaddayn iska baadhbaadhaya oo arrinkiisu yahay yaan lagaa garan ayuu ku warceliyey, "Anigu halkan uun baan ka soo dhintay, meel kale kama soo dhiman?"

"Oo halkan miyaa laga soo dhintaa in loo soo dhintaannu moodaynee?"
"Maxaa looga soo dhiman waayey sow geedkuba halkan kuma soo horreeyo"
"Waar waxaasi wax dhici kara maahee runta noo sheeg oo ma Sweden baad ka soo dhimatay mise Finland?" bay haddana weydiiyeen.
"Ilkoyareba weydiiya haddaad beentay moodaysaan", baa Ilko weyne ku jawaabay.
"Ma Ilkayarihii reer London? Kaana miyaad istaqaanaan?"
"Haa, ma cid aanan aqoon baa jirta, sowkii wasiirka noqday markuu soo dhintay"

Intay sheekadii beddeleen bay weydiiyeen, "Bal nooga warran oo golahee baad tahay, ma golaha hurdada mise ka soo jeedka?"
"Midna ma ahi" buu ku jawaabay.
Iyagoo la yaabban bay weydiiyeen, "Waar waddanka labadaa gole uun baa jiree kee baad tahay runta noo sheeg"
"Golaha saddexaad baan ahay, golaha sii-jeedka" buu ku jawaabay
"Waa tahee ma garab ku daaq baad tahay mise gacan ku daaq?", bay haddana waydiiyeen
"Mayee gaws ku daaq baan ahay" buu ku jawaabay.

Markuu arkay in su'aalo lala daba galay, qorraxdii soo kululaanayso, saacaddii hurdaduna dhowdahay buu yidhi, "Halkaa aad ka soo dhimateen meel dhaantaa ma jirtee maxaad uga soo dhimateen?"
"Gurmad baannu ahayn si aannu inta nool ee halkan joogta u badbaadino, balse aan ku weydiinnee xaggeed ka shaqaysaa?"
"Maxaan shaqayn meeliba ima shaqaysee"

"Maxay mooyee"

"Intii wax cunaysay uun baa i shaqaynaysa, labadaa debnood wixii dhexdooda soo gala xaar masna dhehoo ma badbaadaan, ee yaanan meesha idinku cunine iska taga"

"Oo haddaa ma annagaa in kale na shaqaynaysaa!" bay hal mar la soo wada boodeen.

Intaa markii la isweydaarsaday buu Ilkoweyne oo is leh nimanka iska celi, su'aal uu goorahanba ka fikirayey ku sii daayey, "Intaydaan soo dhiman maxaad Ingiriiska ka qaban jirteen?"

"Xabsi baannu ku jirnay"

"Dee miyeydaan immika xabsigii ka raysan, halkanse maxaad kala kulanteen, sidee la idiin soo dhoweeyey?"

"Halkan markaannu nimid annagoo xidhan koofiyadihii barafka ahaa ee madaxa na qaboojinayey ee dhakhtarkii reer Ingiriis noo soo qoray si fiican baa na loo soo dhoweeyey, xabsigii qolka keliya ahaa waannu ka raysanay oo xabsi weyn oo bilaa deyr ah oo dadkoo dhammi ku jiraan baannu ku soo biirnay, waa nala magacaabay, weliba laamo sare, wax walba annagaa nala weydiiyaa, annana jawaabihii xaggaas baannu kaga nimid"

"Oo ma su'aal bilaa jawaab ah baad la joogtaan, maxaad ku jawaabtaan marka wax la idin weydiiyo"

"Dee wixii afkayaga ku soo dhacaba, dadkani waa dad wanaagsan, wax walba way rumaystaan, wax garasho na dhaamaaba kuma jiro."

Ninkii Ilkoweyne yaab buu dhafoorka gacanta saaray. Su'aal kale ayuu haddana la tiigsaday, "Nin rag ahi waa ka maalintii seexda, habeenkiina soo jeeda si uu aayaha dalkan liita ugu fikiree xaggeed u kallahaysaan?"

"Waar waabannu iska hurdi lahayne qaar baas baa xilligaa nala ballamay, oo shir iyo wax aan loo joogin goortaa ka dhigay"
Ilkoweyne qorraxdii baa ku kululaatay, saacaddii uu seexan jirayna durtaba way weydaaratay, koobkii bunka ahaa wuu goostay, wuxu ciil ka hayaa nimankan hadalka ku dawikhiyey een koob bun ahna u shubayn.
Si degdeg ah buu u kacay oo afka saaray xaggaa iyo gurigiisa. Dad badan oo ka hor imanaya mooyee cid xaggiisa u sii socota ma arkayo.
Madaxiisu wuu guuxayaa, in mishiin ku xidhanyahay baa la moodaa…wax baa la hadlaya, wax aanu arkayn:

Hareeraha bal daymoo
Docdan iyo docdaa eeg
Iyo labada daamood
Dalka bari ilaa bogox
Darxumadiyo baahida
Diifta iyo gaajada
Sharaftii dadnimadiyo
Damiirkii maxaa helay!

Haaa…waa runtii oo intii wax cunaysay uun baa nool…Intaanu dhiman wuu noolaa, naftiisuu wax ugu filnaa, ubadkiisuu wax ugu filnaa, ummadduu wax ugu filnaa, Maantana intii wax cunaysay uun baa nool, hadduu afkiisa iyo calooshiisa wax u helo cid kale waxba kama gelin, wixii gubanayaa ha gubteen.
Albaabkii guriguu garaacay, waa laga furay, waxa ka hor yimid carruur yaryar oo dugsi sii tegaya, waa carruurtiisii oo intay is arkaan yartahay. Kuwanna maxay ahaayeen buu isweydiiyey. Islaan sii shaqo tegaysa ayaa iyana ka hortimid,… tanna xaggay u socotaa xilligan la seexanayo…inay islaantiisii tahay wuu arkaa, miyey iska joogto! maskaxda ayuun buu ka hadlayaaye carrabka maba dhaqaajin karo. Madbakhii

buu galay. Shaahii carruurta ka hadhay, loxooxdii loo dhigay iyo hambooyinkii oo dhan buu isku darsaday dabadeed isagoo kabihii illan sariirtii ku gataati dhacay. Goorta uu toosi wuu yaqaan, waa saacadda dawanka mirqaanku dhaco. Cid toosisa uma baahna.

WAAN UGA TOOSAY!

"Waar ninyahow anigoo makhaayad kula sheekaysanaya mid aannu saaxiibbo nahay oo dhinca kale ah oo yera taataabanaya musuqmaasuqa wasaaradaha ka jira sow mid xoog weyn oon ogahay inuu wasaarad dhan keligii liqay afka ilama soo gelin, kaddibna markaan gaashaanka u daruuray laba askari oo meesha fadhiyey igumay soo kicin"

"Haye"

"Dabeeto labada askari kii weynaa oon is idhi tu horuu ka hadhay baa igu soo haliilay oo la iga qaban kari waayey. Wuxu iila soo baxay qori, nin meesha joogay baa qabtay oo qasnaddii ka saaray, haddana bastoolad buu la soo baxay, haddana katiinad…, haddana waxa haw igu soo yidhi askarigii yaraa oon is idhi tii horuu gaadhayaa"

"Adiga yaa musuqmaasuqa wasaaradaha ka sheekee ku yidhi ma wax kalood ka hadasho ayaad weyday sowka waddanku wada musuqmaasuqa ah?"

"Dee miyey igu simeenba, sow maan doonayn inaan ka hadlo musuqmaasuqa hayadaha, ganacsatada iyo meel walba, ma anaa meelba ka tegaycy"

"Haaye maxaad ka wasaaradaha ugu bilowday, miyaad wax kale ku bilowdid?"

"Anigu ma madaxdii qarankaan caayey mise kuwii aalaha maxay igu haystaan wax jira uun baan sheegee?"

"Dee markaa maxaad yeeshay?"

"Dee waan uga toosay"

"Yaah!! Maxaad tidhi, waan uga toosay? Sidee ahaan?"

"Dee hurdadii baan uga toosay oo halkii bay igaga
hadheen, ma si kalay kaaga hadhayaan inaad uga
toosto mooyee, miyaanan abaalkood ka waraabin?"
"Oo miyaad hurudday?"
"Haddaa miyaan soo jeeday? Haddaan soo jeedo
miyaannu nimankanba isku iman lahayn?"
"Oo waxan aad ka sheekaynaysaaba ma riyaa?"
"Haddaa hee… riyadii baa lagaga nabadgeli laayahee
ma soo jeed baa lagaga nabad geli"

"Sow markay soo toosaan ku soo raadsan maayaan?"
"Soo jeedkaba waan u dayn, toosiba maayo"
"Oo sow haddana markaa riyoon maysid?"
"Seexanba maayo, waan iska soo jeedi"
"Oo markaa miyaad aamusi afkaa lagaa falee"
"Haa, oo weligay soojeed dawlad kuma xaman,
shicibka uun baan soojeedka ku xantaa, waan is
ilaaliyaa markaan soo jeedo laakiin markaan seexdo
isma ilaalin karo intaasay iyana ka faa'iidaysanayaan
oo hurdaday ila eeganayaan"
"Oo maxay kugu haystaan haddaad huruddo, mindhaa
inaad soo jeeday moodayeen?"
"Dib   dambeba   u   seexan   maayo   intay   wax
isbeddelayaan"
" Siday wax isu beddelayaan?"
"Kollay ammaan la heli maayee intay imanayaan kuwo
soo jeedka dadka ku qabsanaya oon hurdada ku
qabsanayn"
"Oo sow markaana lagu xidhi maayo?"
"Sowtaan ku idhi soojeedka wax kuma xanto"
"Dee qaar kaloo soo jeedka wax ku xantaba sow la
qabsan maayo illayn dadku keligaa maahee"
"Waa runtaa.. oo haddaa maxaan yeelnaa?."
"Dee kuwan riyada wax ku qabsanaya maxaad ku
haysataa sow kama darna kuwa soo jeedka wax ku

qabsanayaa, markaa miyaanay ahayn in kuwan riyada kugu qabsanaya la iska daayo ha joogaane"

"Maya..maya..maya…markaa cidiba seexan maysee, dadka ma hurdo la'aan baad ku dilaysaa"

"Dee haddaa kuwa soojeedka ku qabsanaya ma keennaa?"

"Maya..maya..maya, sow markaana dadku wada seexan maayo, cidiba toosi maysee yaa dalka u shaqayn?"

"Dee haddaa meeshaba aynu qabsanno illayn innagu soojeed iyo riyo cidna wax ku qabsan maynee"

"Ma sidaasaa?"

"Ma si kalaa jirta"

"Waa talo wanaagsan"

KABAHAYGA XIDHO

Bal hadda mar qudha kabayga xidho, tijaabi inaad ugu socon karto xaggaan u socday waxaba laga yaabaa inaad garan weydo halkaan u socday, aniga qudhaydu ma garanayo halkaan u socdo. Markaad kabahayga xidhato ugu yaraan waxad garan doontaa inaanan garanayn meel aan u socdo, waxad dareemi kartaa sidaan dareemayo. Markaad dhinacayga iska taagto ayaad arki doontaa quruxdeeda ama foolxumadeeda. Anna hadda inta aad kabahayga xidhantahay cagaagnaan maayee kuwaagaan xidhan. Immikaba aniga oo kuwayga xidhan ayaan marmar xidhaa kuwaaga. Markasta oo aad arrin ka hadlayso kuwaaga ayaan xidhaa, sidaad ugu socoto ayaan arkaa, siday kuu hayaan baan arkaa ee aad cidhiidhiga u dareemayso. Markaynu kabaha isweydaarsanno ayeynu garan doonnaa midkeenba halka kabtu ka hayso. Waynu isku garaabi doonaa, isla garan doonaa, isa soo hor fadhiisan doonaa, ogaan doonnaa inaan hebel xumayn, heblaayo xumayn, ree hebel xumayn…. Waxaynu kala saari doonaa qofka iyo dhibaatada, halka immika aan qofka iyo dhibaatada israacinayno ee isku dilayno. Waxa laga yaabaa in qofkuba mushkiladda u afduuban yahay oo u baahan yahay in laga badbaadiyo. Qofkii oo mawjadda baddu sidato maaha inaynu ku colaadinno muxuu u dabbaalan waayey, saa dabbaashaba ma yaqaan, gacanta gacantiisa haysana sow la degi maayo? Qofka sharka wadaa wuu dhibban yahay, umase baahna in isaga iyo sharka la israaciyo ee waa in sharka lala dagaallamo isagana laga badbaadiyo. Haddii musuqmaasuq jiro, caddaalad darro jirto, dulmi jiro, maaha in dagaalka lagu qaado ka intaba samaynaya balse waa in dagaalka lagu qaado dulmiga, caddaalad darrada, eexda, iwm. Haddii aan kuwaa wax laga qaban oo qofka uun la abbaaro iyagu way jirayaan, qofka kale ee yimaaddana sidii kii hore ayey afduub ku qabsanayaan. Waa in la abbaaro siyaasadaha iyo qawaaniinta qofka ku daafacaya inuu falalkan ku kaco. Qofka yaan lagu mashquulin. Dhibbanaha yaan la sii dhibin. Haa..qofka waa in xanuunka laga daweeyo. Haddaad qofka disho dawadu waxba ka tari mayso xanuunka, si kale haddaan u dhigno dawaynta xanuunku maaha qofka oo la dilo.

Waa sidaase ilaa aad kabahayga gashato arki maysid sidaan wax u arko. Haddaan adiga ahaan lahaa sidaasaan yeeli lahaa!!, oo aniga miyaad tahay?, Miyaad noqon kartaa?, Diyaar ma u tahayse inaad noqoto? Aniguse adiga ma noqon karaa?

Waa innoo mar kale, kulanti dambe, adigoo kabahayga xidhan iyo anigoo kuwaaga gashan.

UURKII HOOYADII BUU AMMAAN KU WAAYEY:
Daymo Gaar ah, gabayga 'Dhuguc'.

Dhulka iyo markii aad gubteen, dhoobadii degelka
Dhallinyariyo waayeel markii , dhuunta laga gooyey
Haweenkiyo dhabeelii markii, dhiigga laga daadshay
Markii aad dhashiinii cunteen, dhababacaynaysay
Uurkana dhallaankii ku jiray, weydinkaa dhibaye

Dhacdo murugo iyo xanuun badan baa gabayga "Dhuguc" ee qormadani ku aaddan tahay ka 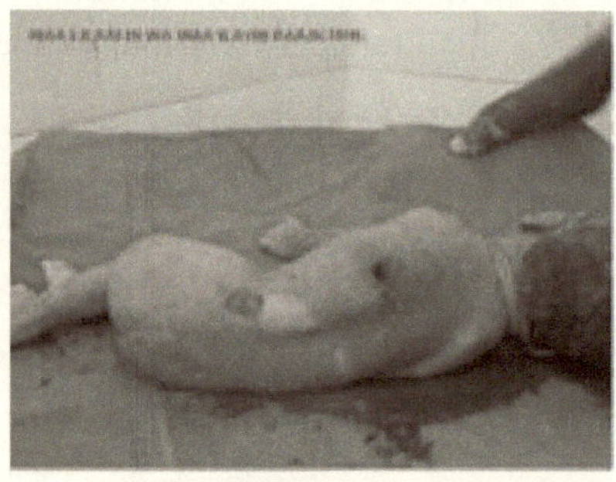 hadlayaa. Gabayga oo uu tiriyey Maxamed Yuusuf X. Cabdi (Kayse), wuxu ka dhashay dhacdo ugub ah ogaalkay oo murugo iyo calool xumo xambaarsan.

Maanso, gabay ama suugaani waxay macno leeyihiin markay ujeeddo salka ku hayaan. Maansada dhabta ah lama doontee way ku soo doonataa. Abwaanka Cabdi Aadan Qays maanso uu tiriyey ayaa in badan dareenka dadka si weyn u taabata, waa inta wax dareenta ee dadnimo ku jirto'e. Dadku muuqa waa wada dad, haddana badh baa hoosta dugaag ka ah balse kaba sii liita. Marka muuqa laga tago ayaa caqliga iyo

garashada lagu kala tagsan yahay oo qofna waxa ka muuqata karaamadii iyo sharaftii Eebbe ku sheegay aadamaha midna waxa ka soo if baxa dabeecadaha dugaagga iyo bahalaha.
Qofka wax baa dabra:

Haddaan diintu qabanayn(1)
Sharci kaa dabbaalayn
Dabar kaa qabtaa jirin
Dadku waa belaayee
In dameerka aadmigu
Darajada ka hoos maro
Ama dawladaha qaar
Xayawaanka duurkiyo
Dugaaggii ka liitaan
Kumay jirin duruustee
Diiwaanka waayaha
Dib ma loogu qorayaa!

Aan sheekada ku soo noqdee intaanan u gudbin dulucda qormadan iyo sheekada Maxamed Yuusuf X. Cabdi (Kayse) iyo gabaygiisa **'Dhuguc'**; iyo waxa maanta igu xambaaray ka hadalkeeda iyo soo gudbinteeda, bal aan ku hormaro tuducyo iyo tilmaamo aan ka soo qaatay maanso uu tiriyey Cabdi Aadan Qays. Wuxu ka warramayaa ilme yar oo uurka hooyadii ku jira oo habartii ku leedahay **"Soo dhalo hooyo.... "** Ilmihiina dacwaddiisa ayuu soo gudbinayaa oo wuxu leeyahay..'**Dhalan maayoo...dhalan maayo...'** Sababta aanu u dhalanaynna wuu sii sharraxayaa:

Dhalan maayoo...(2)
Meel dhallaanka lagu dilo

Ku dhalan maayo
Meelaan cidi i dhawrayn
Ku dhalan maayo

.....

Dhiigga iyo colaadaha
Ku dhalan maayo...
Dagaalada dhexdiinna
Ku dhalan maayo...
Dhagartiyo Iyo waxyeellada
Ku dhalan maayo...

Waa ilmo yar oo ku jira uurka hooyadii, wuxu diidayaa inuu soo dhasho,wuu doodayaa, wuu garnaqsanayaa oo wuu sababaynayaa waxa uu u soo dhalan laayahay. Wuxu sawir ka bixinayaa muuqaalka iyo qaabka ay u taal meesha uu ku soo dhalanayo; wuxu ku doodayaa in hadduu soo dhasho uu kollay silic u dhimanayo. Wuxu diidayaa inuu ku soo dhasho meel aan xataa dhallaanka loo naxayn oo lagu dhibayo, lagu dilayo, meel dhiig daadinta iyo colaaduhu dhaqan u yhiin, meel aan biri- ma- geydo lahayn. Wuxu inna weydiinayaa macnaha ay u samaynayso ku soo dhalashada degaanka caynkaas ah.

Maansadu si sarbeeb iyo farshannimo ku dheehan tahay bay wax innoogu sheegaysaa, waxay inna baraysaa in ubadka aynu dhalayno u sii diyaarinno degaan ku habboon, degaan nabadeed ay ku nabad galaan, ku helaan negaadi iyo nolol xor ah, ka xor ah dhib iyo waxyeello; ka xor ah cudur iyo aqoon darro. Waxa maansadu inna tusaysaa sida qaaradda Afrika ay dunida uga dambayso ee ay u tahay meel ubadka lagu xabaal nololiyo oo aanay ka suuroobayn nolol barwaaqo iyo badhaadhe ku dheehan tahay inta dadkeedu sidan yahay.

Ilmahaa abwaan Cabdi Qays innoo sawirayo ayaa sawir labaad oo kii hore ka naxdin, murugo iyo calool-xumo badan Maxamed-Kayse ka bixinayaa. Maxamed-Kayse isna wuxu adeegsanayaa awoodda ereyga. Xaaladaha qaar waxay gaadhaan heer tix iyo tiraab midna sida ay yihiin aan loogu soo tebin karin.

Aan in yar inna dul geeyo sida dareenka maansadani ugu dhashay Maxamed-Kayse. Abwaanku wuxu booqday mareegta wararka ee la yidhaa: **jilibweyn.com** oo baahisay warkan soo socda taariikhdu markay ahayd 2-3- 2009. Warku sidan buu u qornaa (sawirka korena wuu la socday):

"Isbitaalka Madiina ee magaalada Muqdisho ayaa dagaalladii dhowaan ka dhacay dhaawacii la keenay waxa ka mid ahaa hooyo Uur leh oo dhaawac soo gaadhay,balse waxaa naxdin ahayd in hooyada canug ay uurka ku siddey rasaasi ugu tagtey caloosha hooyadiis. Waxa hooyadaa lagu sameeyey qalliin muddo saacado ah qaatay, waxaana laga soo saaray canuggii oo mayd ah, oo rasaastu kaga dhacday garabka meel u dhow oo wadnaha ku beegan.'"

Haaaaaaaa...intaa markuu arkay Maxamed-Kayse ayaa dareenkii soo dhuftay oo qalbigiisii rogmaday. Dareenka iyo godlashada maanka haddaad u weydo wax aad ku halbeegto, xanuunka iyo murugadu dib bay kuugu noqdaan oo ma awooddid inaad cid kale farriinta gaadhsiisid, halkaana waxa ku curyaama wax ka qabashadii dhibaatada iyo gurmadkii... Qofka abwaanka ahi wuu ka nasiib badan yahay dadka mararka qaar oo dareenkiisa iyo culayska saaran ayuu awoodda maansada ku soo daadejin karaa, markaas oo uu woxogaa nafis ah dareemo. Marar badanna wuu ka nasiib daran yahay dadka oo si aan dadku u damqan buu u damqadaa, wax aan dadka kale ka damqan buu ka damqadaa, wax dadka aan u muuqan baa u muuqda..isaga oo gu'yaal soo dhibtooday baa dadka kalena soo gaadhaa.

Maxamed –Kayse markuu warkan dhiillada leh akhristay waxa caawiyey hibada abwaannimo ee Eebbe siiyey oo ereyadan ayaa markiiba ka soo booday. In dhacdo lagu halbeego suugaan waxay fududaysaa in si wacan dadku u dareemaan laxaadka waxyeellada dhacday, qalbigooda ayey gilgishaa, naxariis bay ku beertaa, inay dhinaca wanaagga u leexdaan bay ku caawisaa. Gabaygani waxa uu soo baxay markii abwaanku maqlay, arkay ee akhriyey warkaa   naxdinta   leh.

Maxamed-Kayse wuxu gabayga ku leeyahay: Markii wanaaggii laga baydhay, markii nabad la diiday, markii dawladnimo la diiday, markii talo la diiday, markii si aan soohdin la hayn loogu xadgudbay xuquuqdii dadka ee dumar, waayeel iyo dhallinyaroba birta laga aslay, waxa dhaxalku noqday in ilmihii soo dhalan lahaana halkiisa loogu tegay.

Dooddii ilmaha uurka ku jira iyo hooyadii ee ahayd: *Soo dhalo iyo dhalan maayo,..* iyadoon weli biyo dhicin ayaa masiibo ugu tagtay halkiisii. Codkii ilmaha iyo kii hooyaduba halkaasuu ku soo xidhmay. Intii ku hareeraysnayd ee ilmaha ku lahayd: *Ha dhibin hooyadaaye soo dhalo*..iyana halkaasaa afka iyo gacantu isku dhegeen. Xaalku waa isma oga adduun. Wuxu gabaygu ka hadlayaa dambiilaha maanta iyo dadka dulmiga ku difaacaya si uu ubadkooda u dabargooyo. Wuxu la hadlayaa dadnimada iyo garashada goob kasta iyo goor kasta oo ay joogto. Ka maanta nool iyo ka berri dhalan doona ayuu la hadlayaa. Wuxu la hadlayaa inta bed-qabta ee dhulkooda iyo dadkoodu fayow yihiin inuu u noqdo cashar iyo waaye ay wax ka bartaan si ay uga badbaadaan masiibo tan la mid ah. Wuxu la hadlayaa dhego wax maqli kara iyo qalbi naxariisi ku dambayso. Aynu dhuuxno gabaygii **'Dhuguc'**:

Dhawaaqii samaaneed markii, dhegaha loo diiday
Dhaxal weeye maamule markii, geesta laga dhaafay
Taladii dhisnaan layd markii, dhidibka loo fayday
Dheeldheel markii lagu tirtiray, dhuuxyadii qaranka
Nabaddii la dhooldhoodinlaa, maalintay dhugucday
Dhagaraha kuwiinaa qabaa, oogay dhiillada'e
Dhulka iyo markii aad gubteen, dhoobadii degelka
Dhallinyariyo waayeel markii , dhuunta laga gooyey
Haweenkiyo dhabeelii markii, dhiigga laga daadshay
Markii aad dhashiinii cunteen, dhababacaynaysay
Uurkana dhallaankii ku jiray, weydinkaa dhibaye
Dhalaq yar oo makaan jiifa baa, dhamac ku taagteene
Dhabarkaa rasaas kala dhacdeen, ilmo aan dhalane
Alle weydin dheehanahayaa, waxaad dhiguysuune
Dhoy laaweyaalyahow ka hadha, dhumise uunkiiye.

(1) Maansada 'Darmaan iyo Dalxiis' Cabdi Qays, Buugga Nabaadiino.
(2) Maansada ' Dhalan maayo' Cabdi Qays, Buugga Nabaadiino

GABAYGA IYO WAQTIGA

Bal u fiirso:

Xaaji Aadan Afqallooc wuxu ahaa nin la yaab leh, suugaantiisu waqti walba way la socotaa. Bal eeg gabaygiisan:

Laba boqol nin maaliyaddu tahay tirada loo dhiibay
Oon tacabbo baadiye lahayn tuludi waa maale
Oo toban baloodh jeexday oo tumanayoo keefa
Iyana waa tabaalaha waqtiga taynu aragnaaye
Tu kaloo ka daran baa jirtee taana bal aan sheego.

Wixii uu afartan gu' ka hor ka hadlayey baa illaa maanta taagan. Alla ninku aragti dheeraayee!!! Gabaygiisuu waqti walba wuu la socdaa.

Waxa ka daran Cabdillaahi Suldaan Tima Cadde. Gabaygiisu ma duugoobo, casri walba wuu nool yahay. Bal eeg gabaygiisan:

Dir dir la isu laayiyo intaan   weerar daba
joogno
Ooy dumarku weerkii sitaan   danabadii waayey
Uu sida dareemada u yaal   meydku
dibaddiinna
Wallee doogsan maysaan haddaad   dunida joogtaane

Rag aragti fog leh bay ahaayeen, iyagoo kale
Soomaali

ma soo marin! Waxay konton sano ka hor sheegeen
baa maanta muuqda!

Ereyadaa kor ku qoran iyo kuwo la mid ah baynu in
badan maqalnaa. Markiiba waynu qirnaa runnimada
gabayadaa. Markasta oo aynu dhegaysanno gabayadaa
waxa ugu weyn ee aynu ka faa'iidnaa waa inaynu qirno
inay yihiin gabayo heer sare ah oo waqti kasta la socda,
raggii tiriyeyna yihiin rag indheer garad ah oo meel
durugsan wax ka arka. Halkaa hoos ugama sii degno.
Kuma sii dhaadhacno nuxurka gabaygu sido iyo
farriinta uu xambaarsan yahay. Uma dhaqaaqno inaan
wax ka qabanno oo toosinno dhaliilaha gabaygu
tilmaamayo. Waxaynu ku raaxaysannaa dhegaysigiisa
iyo in midkeenba mid u tebiyo.

Halkaa waxa imanaysa weydiin. Waa inaan
isweydiinno: Ma gabayga ayaa ah mid waqti walba la
socda mise mushkiladdii uu ka hadlayey ayaa waqti
walba la socota? Haddii dhaliilaha uu tilmaamayaa
ahaan lahaayeen kuwo meesha ka baxa ma la odhan
lahaa gabaygii waqti walba wuu la socdaa? Ma
Soomaalida ayaa gabayga qalad ka fahanta oo halkay
ka garan lahaayeen dhaliisha gabayga ama abwaanku
tilaamayo ayey u bogaan qotodheerida midhaha
gabayga, ka dibna waxay isku qanciyaan in gabaygu
waqti walba la socdo oo waxay illaawaan wax ka
qabashada dhaliishii?

Meelaha had iyo jeer gabayada jaadkaas ahi
tilmaamaan waxa ka mid ah:

1. Hogggaanka:

*Danbi kuma hadlaayee ma arag ma'arag dawladdaan
rabaye*
Isma doorin gaalkaan diriyo daarta kii galaye
Dusha midabka Soomaali baad dugulka mooddaaye
Misna laguma diirsade qalbigu waa dirkii Karal'e
Meeshaan dad aan urursho iyo darar ka eegaayey
Iyaba waa darxumo ii hadhaye dacar miyaan leefay
.. Daab gudinmo weli sooma jarin wiilashaan diraye
Halka dunida lagu geeddi yahay deyiba maayaane
Ummaddii daryeel weli ma helin daacadda ahayde...

(Qaasin)

Hoggaan xumadii weli way jirtaa, gobannimadii iyo
dawladnimadiina wax laga

 faa'iiday la garan maayo.

**2. Bulshada oo aan baran xisaabtanka iyo wax ka
beddelka qaab nololeedkooda:**

Haddii aan wuxuun laga qayirin qaabka nolosheenna
Qarnigaa dhammaadiyo ka xiga qaa'im iyo daa'im
Qadoodi iyo waa lama huraan qax iyo eedaade

(Luggooyo)

Dambiilaha waa la taageeraa, musuqmaasuqa waa la
neceb yahay waana la jecelyahay. Haddii nolosha la
qorshayn lahaa, wax-qabsi loo dhaqaaqi lahaa, nabad
iyo barwaaqo lagu saldhigan lahaa oo colaad iyo

qaxooti laga badbaado, gabaygaasi ma noqon lahaa
mid waqti kasta la socda?

3. Qabyaaladda:

*Doc hadday u wada jeedsatooy   dhowrto
danaheeda*
Ooy duul walaala ah tahay ooy   duunka ka heshiiso
Dadka kama yaraateene ways   dabar jaraysaaye
Dubba madaxa wayskala dhacdaa daa'in abidkiise
Goortay is wada dooxataa   daad u soo geliye

(Timacadde)

Qabyaaladdu waa sidii, waabay ka sii xuntahay. Mar
walba is-bahaysi qaldan baa lagu jiraa. Waxa la isku
bahaystaa sharka. Iskaashi iyo wax wada qabsi ma jiro.
Haddii qabyaaladdu meesha ka bixi lahayd, ma noqon
lahaa gabaygaasi mid maalin walba taagan?

4. Caddaaladda:

Goortaad maxkamadaha tagtaad tacajabaysaaye
Tabnigeeda xaajada ninkii taabi kari waayu
*Inkastood xaq taabida waddo iyo marag cad oo
taagan*
Ama aad xujada toosisoo looyarku istiilo
Gartu hadalka kuuguma tagtee taagtu waa lacage
Iyana waa tabaalaha waqtiga taynu aragnaaye.

(X. Aadan Af-qallooc)

Haddii caddaalad darradu meesha ka bixi lahayd, saamayn intee leeg buu yeelan lahaa gabayga Tabaalo ee Xaaji Aadan?

5.   Ididiilo:

Dirridaa abaarta ah marbaa doog kasoo bixiye
Dibjirkiyo marbay reer miyigu daasadaa qubiye
Mar uun buu digiigixan raggii daalanaan jiraye
Dibnihii shakaallaa marbaa dooda loo furiye
Markaasaa la daydayi xaqii naga dahsoonaaye.

(Qaasin)

Rajadii xilligaa la qabay quus baa laga taagan yahay. Weli waa la tebayaa intaa uu abwaanku konton gu' ka hor tebayey. Weli dirridii waa abaar, doogna kama soo bixin; xaqii dahsoonaa weli waa dahsoon yahay; baahida iyo abaartuna sidii hore kaba sii daran. Haddii rajadaa la gaadhi lahaa miyaan fikirka abwaanku dhinac kale isku rogeen?

Gabaygaa aynu leenahay waqtiga ayuu la socdaa wuxu inna tusayaa halka dhibaatadu innaga haysatay berigaa abwaanku tiriyey iyo in dhibaatadaasi weli inna haysato.

Si gabaygu aanu waqtiga ula socon maxaa loo baahnaa in la beddelo? Mise loomaba baahna in gabaygu waqtiga ka hadho oo madadaaladeenna iyo maaweeladeenna ayaa hoos u dhacaya?

Gabayga iyo waqtiga aynu kala reebno. Oo sidaynu u kala reebnaa?

Aan wax ka qabanno xaaladda gabaygu ka hadlayo.
Aan dhaliisha daweynno. Markaa gabaygii wuu ka
hadhi waqtiga, dibna u odhan mayno waa gabay
waqtiga la socda.

Sidaas ay tahay Gabaygu meesha kama baxeen oo si
kale ayuu taariikhda ugu jiri lahaa. Waxa la ogaan
lahaa in waqti jaadkaas ah la soo maray oo laga soo
gudbay ayna tahay inaan dib loogu noqon. Gabayo
taariikhda laga barto ayey noqon lahaayeen. Waxay
meesha ka saari lahaayeen in gabayaaga maantu isla
mushkiladdii Timacadde iyo Xaaji Aadan ka gabyeen
ka gabyo.

Abwaannada oomaalida ee ka hadlaya waayaha
noloshu way badan yihiin. Dhowrkaa abwaan iyo
dhowrkaa gabay ee aynu soo qaadannay waa uun
tusaale kooban inaan gabaygu ahayn mid mar walba
waqtiga la taagan yahay la socda balse mushkiladdii la
daweyn lahaa tahay mid goor walba taagan.

Gabayaaga Soomaaliyeed xilli kasta iyo goor kasta
mushkilad isku mid ah buu ka gabyaa. Gabayaaga
casrigan badankoodu ma soo kordhiyaan wax ka
duwan waxay soo kordhiyeen gabayaagii hore.
Noloshii ay ku noolaan lahaayeen ee ay ka gabyi
lahaayeenba meesha ma jirto. Waxay nool yihiin
noloshii shalay oo ay ka gabyaan. Noloshii maanta
ayaa maqan oo shalay baa la nool yahay. Sheekadu
waa iska daba wareeg.

Ma dorraato raadkaan dhigaan dib ugu soo laabtay
Sidii aan dayeysanahay miyaan dawgii ka habaabay!!
(Qaasin)

Marka noloshii shalay laga baxo ee ay noqoto taariikh la soo maray. Marka noloshii maanta la helo ee ay noqoto mid baadi-soocdeeda leh oo tii shalay ka duwan; kolkaas gabay kastaa wuxu noqon doonaa mid xilligiisa ku eg oo aan maalin walba la odhan wuu la socdaa illayn mushkiladdii uu ka hadlayey laga baxye.

MAXAY DADKU BEEN U SHEEGAAN?

Tolow ma jiraa qof aan weligii been sheegin? Beentu, diin ahaan iyo dhaqan ahaanba waa dembi weyn, oo waddo kasta oo qaldan kugu ridi kara. Qofku hadduu beenaale noqdo wax kasta wuu noqon karaa. Dad badani waxa ay ka beensheegaan ganacsigooda, shaqadooda iyo noloshooda oo dhan iyada oo waxa ay ka faa'iidayaan yahay wax aan marnaba u dhigmi karin waxa ay ku waayayaan. Sababo kala duwan baa been-sheegidda lagu bartaa, haddii la caadaystana way kula fogaataa oo dad badani iyaga oo aan been sheega islahayn uun bay is arkaan iyaga oo sheegaya, sida been-sheegidda loo barto ayaa run-sheegiddana loo bartaa. Marar badan qofku waxa uu been sheegaa isaga oo aan is lahayn sheeg, mararka qaar waxa iskaga ekaata kaftanka, ilaaqtanka iyo beenta iyada oo aan beentu kaftan gelin, sidii abwaankuba sheegay:

- Ma taqaanid beentce
- runta barashadeedaa
- belo kaa horjoogtaa.

Markaad run-sheegnimada sii barataba waxad ka sii fogaataa, been-sheegidda. Beensheegiddu waa waddada kuu fududeysa jidkasta oo shar ah oo noloshaada hore iyo ta dambeba cidhib xumo u ah. Haddaba maxay dadku sidoodaba been u sheegaan?

Way badan yihiin asbaabaha dadku been u sheego. Tusaale ahaan ilmaha yari waxa uu been u sheegaa in uu ciqaab kaga fogaado. Marka been-sheegiduu u shaqaysana waxa laga yaabaa in uu caadaysto oo la koro hadhow sida uu uga baxaana adkaato. Dadka qaar waxa ay beenta u sheegaan cabsi in ay kaga badbaadaan waxyeello jirta ama maskaxdoodu u sawirtay, qaarkoodna dan gaar ah in ay ku helaan sida dhaqaale, xil, iwm.

Adigu: Weligaa been ma sheegtay?Maxaad u sheegtay? Sideed u sheegtay? Immisa jeer baad been sheegtay? Beentu waxyeello ayey u leedahay kuwa sheega iyo dadka ay u sheegaanba sidaa darteed waxa ay u baahantahay feejignaan iyo ka fogaansho wax kasta oo keeni kara been-sheegid.

Soomaalidu maahmaahyo badan bay ka leedahay beenta. Maahmaahyahaas badani ma jireen haddaan been-sheegidi jirin soomaalida dhexdeeda, badnaanta maahmaahyuhuna waxay tusaysaa badnaanta beenta la sheego, waase mid ay aadamaha kale si ahaan la wadaagaan. Noocyada beenta iyo heerarka been-sheegidda ayaa kala duwan, kalana halis badan haseyeeshee mowduucaa haddeer eegi mayno, waxase aynu is xasuusinaynaa uun in beentu dembi weyn tahay, xuntahay, marka lagugu bartona dadku kugu nici doono.

Arrimaha la caadaystay ka been-sheegooda waxa ka mid ah arrimaha 'Siyaasadda" oo dad badani aaminsan yihiin in siyaasadduba been tahay. Dhab ahaan siyaasaddu waa ta lagu maamulo arrimaha nolosha aadamaha, haddii laga been sheegana waxa ay la mid tahay noloshii oo laga been sheegay. Siyaasaddu waxa ay jihaysaa, jaan-goysaa oo lagu wadaa arrimaha dhaqaalaha, ganacsiga, nabadgelyada, waxbarashada, caafimaadka iyo adeegyada bulshada, haddii laga been-sheegana waxa ay la mid tahay intaa aynu sheegnay iyo in ka badan oo laga been-sheegay.

Si aan arrimahaa aan ugu daadegno aan soo qaadanno sheeko sarbeeban iyo maanso gaaban oo la socota. Sheeko nuxurkeeda aan ka soo dheegtay bogga Suldaan Nayruus Xaaji Aadan (facebook): Siyaasi caan ah, oo ka mid ah siyaasiyiinta hadda jooga, ayaa niman ku dhow, waxa ay weydiiyeen, sababta uu mar walba beenta u sheego iyo waxa uu iskaga deyn waayey. Siyaasigii ayaa nimankii inta si fiican u fiiriyey, ku yidhi "Niman yahow waxa aydnaan ogeyn beentu abaalka ay igu leedahay. Haddii aad ogtihiin sidaa iilama aydin hadasheen. Alla maxay beentu belaayo iga bedbaadisay, maxay jar aan ka sii dhacayo iga badbaadisay, alla maxay dhaqaale ii abuurtay. Abaal weyn oo aanan gudi karin bay igu leedahay, idinkuna iska jooji baad i leedihin….!"

Intaas waxa uu sii raaciyey ereyadan si uu niman weydiinta ula yimid arrinta uga sii raarido:

Dembi weeye beentuye
Dad baa yidhi ka baydhoo
Waa baabad geedduye
Kaga baqo Ilaahay
Balse waxanay garanayn
Inta aan belaayiyo

Halis kaga badbaadee
Alla beentu wacanaa

Inaan ahay burjiiliyo
Nin siyaasiyoo ba'an
Dadka boqol u qaybshoo
Badhba meel ku xidha oo
Beelaha u talin kara
Boqorrada jihayn kara
Bulshadiisa siri kara
Hantidooda badaniyo
Baanankooda dhici kara
Dabadeed la bixi kara
Bilyan iyo balaayiin
Anigiyo bahdayduba
Iyadaan ka barannoo
Abaal baygu leedee
Alla beentu wacanaa

Been iyo khiyaamiyo
Markaan faanka badiyee
Runta aan ka baydhee
Beeneeyo wacadkaa
Dadku sacabka boobaan
Ammaanta igu badiyaan
Billadana i siiyaan
Alla beentu wacanaa
Bilanaa qurxoonaa

Ka badhaadhahoogiyo
Barkhaddooda taliyiyo
Geesigiyo run badanaha

Bulsho waxay ka jeceshay
Ma ogtahay badraankiyo
Afmiishaarka ba'anee
Gurooga bi'iyee
Belo iyo wax aan jirin
Buunbuuninaayee
Abaal baygu leedee
Alla beentu wacanaa

QOF DHINTAAN WARAYSTAA

Akhri: madadaalo ahaan u akhri, aqoon ahaan u akhri, iska akhri uun.

Rugaha akhriska (Maktabadaha) waxa yaal aqoon badan oo lagu ururiyey inta badan buugaag, wargeysyo iyo aalado kaleba. Marka cilmi baadhis la samaynayo waxa furan in xogwaraysi lala yeesho dadyow kala duwan oo goobo isku mid ah ama kala duwan joogi kara, in waayo-aragnimo iyo aragtiyo la daahfuray la eego iyo in aqoon hore loo diyaariyey oo goobo iyo gooro kala duwan dad kala jaad ah oo maalintaa la joogo aan noolayn la dheegto. Aqoon baa aqoon lagu dhisaa, sidaa darteed rugaha akhriska ama kutubtu waxa ay kugu xidhaan dad waa' hore ifka ka tegay oo aad la sheekaysan karto, wax ka baran karto, bareyaal kuu noqon kara. Weydiin kasta oo aad qabto kutubtooda ayaad ka baadhi kartaa, waxana ay kaga duwan yihiin dadka nool: dadka nool marka aad la sheekaysato ama su'aalo weydiiso mararka qaar been bay kuu sheegi karaan ama way ku marin habaabin karaan balse qolyahani weydiimahaaga waxa ay kaga warceliyaan warcelin sugan oo si kastaba ha ahaatee ay waa' hore ka warceliyeen, taas oo kalsooni weyn yeelan karta, isla markaana aad sii baadhi karto sugnaanteeda, siina horumarin karto marka aad la akhrido qoraallo kale oo ay isku ujeeddo ka hadlayaan, aragtidaadana ku biiriso, halkaas oo aad cilmi baadhistaaada marin hor leh u yeeli karto.

La sheekaysiga dadkaasi waa mid xiiso iyo dhadhan leh. Goob kasta iyo goor kasta waad kula sheekaysan kartaa: mar madadaalo ahaan, mar aqoon korodhsi ahaan, marna siyaabo kala duwan oo kale. Marka aad la sheekaysanayso ku jikaari maayaan, kula murmi maayaan, adiguna xushmad iyo qadarin baad u haynaysaa.

Dhinaca kale: waxa aqoontu inna bartay in ilmaha uurka ku jiraa uu maqlo codka hooyada iyo afka ay ku hadlayso. Tusaale ahaan ilmaha Jarmalka ahi waxa uu u ooyaa si ka duwan sida ka Carabka ah marka uu soo dhasho. Haddii sheeko gaar ah hooyadu uga sheekayso marka ilmuhu uurka ku jiro, sheekadaa wuu ka jeclaadaa sheekooyinka kale ee looga sheekeeyo marka uu soo dhasho. Sidaas aqoon baa lagu ogaaday baa la yidhi. Ilmaha aan weli dhalan aqoon badan oo qani ah buu leeyahay inta aanu dhalan, xidhiidhka aqoontaasina waa hooyada.

Aqoonta waxa innoo soo gudbiya oo aynu ka helnaa marar badan dadkii dhintay iyo duni hore, waxana aynu u sii gudbinnaa dad aan weli dhalan oo aqoontaa ku hela uur hooyo dhexdii, marka ay soo dhashaanna inta kale ayey sii korodhsadaan. Waxa la weriyey in ilme 42 daqiiqo oo keliya ifka joogay dhalashadiisa kadib uu nin dhakhtar ahi carrabkiisa u soo saaray, kolkaas ilmihiina ku

dayasho garashadiisu siisay awgeed carrabka u
soo saaray si la mid ah.

Waxa ay ila tahay in dadka hibada u leh
halabuurku ay suugaantooda si weyn ugu cabbiri
lahaayeen arrimahaas, waanan ka sugaynaa ciddii
qoraalkan koobani gaadho ee u ehel ah curinta
suugaanta. Hayeeshee bal aan isku dayno in aan
tiraabta tix u beddelno:

Waa adduun isdhalanrogay
Waa adduun shin-dhaladkiyo
Raggii talada dhigi jiray
Dhibaatada xallili jiray
Waa' hore ka dheelmaday

Waa adduun nin dhiiglihi
Ka dhaqaaqay waa' hore

Waa adduun dhuddii iyo
Dhaqankii wacnaa iyo
Sharafkii la dhaawacay

Waa adduun dharaaraha
Raggii dhaabadayn jiray
Yaab dhabbannahaysiyo
Dhakafaar la solan yahay

Si dhaqaale loo helo
Baahida si loo dhimo
Dhisme qaran si loo helo
Dhalanteed ku-noolaha

Garashadu dhibaysiyo
Ruux dhalan habaabiyo
Si belaayo dhowrkiyo
Dhiigyacab u talaxgabo

Murtidiyo dhigaalkiyo
Si dhambaalladeennani
Dhego nugul u gaadhaan

Kuwa dhalan kuway dhali
Si dhallaanka kaydiyo
Dhaxal loogu sii dhigo
Ayaan dhaadashada guud
Mudanow dharaarahan
Cilmiga u dhadhamiyaa
Dabadeed wax dhigashada
Dhugmo durugsan fiirada
Intaan hoos u dhaadhaco
Dhexgalaa maktabadaha
Hadba dhan u mushaaxaa
Warqad dheeha midabkiyo
Dhalankeedu duugyahay
Khad kitaabbo lagu dhigay
Dhurashada cilmiga iyo
Dhitadii aqoontiyo
Dhuuxa ereygu leeyahay
Dhiganaha ka baadhaa
Kolba dhinac ka eegaa

Si xanuunka loo dhimo
Si xumaanta loo dhilo
Boogaha si loo dhayo

Si dhaliisha loo saxo
QOF DHINTAAN WARAYSTAA
Taladiis dhegaystaa
Dhigaalkiisa eegaa
Waqti dhaafay oo tegay
Dhugashada ku fiirshaa
Dhuuxaa warkiisiyo
Dhaxalkii dadkii hore

Dhab waxaan u eegaa
Dhabbihii la soo maray
Dhibkii iyo rafaadkii
Sidii loogu babac dhigay
Iyo dhiirranaantii
Salka loogu dhigay nabad

Dhexda waxan u joogaa
Ka dhintiyo ka dhalanoo
Dhambaallada u qaybshaa

BUUGGA: THE BEAUTYFUL ONES ARE NOT YET BORN (1968).

Qoraaga: Ayi Kwei Armah.

Waa buug sheeko ah oo ka warramaya xaaladii dalka Ghana ee gobanimmada kadib xilligii Kwame Nkruma. Waa sheeko ku saabsan karraani ka shaqeeya xarunta tareenka ee Ghana oo quus ka taagan, kana niyadjabsan sida qaabka daranta iyo quusta ah ee xaaladda dalkiisu u socoto. Shakhsiyadda jilaha sheekadu waa bilaa magac. Qofkaa buugga dhexdiisa magaca loogu yeedho waa "Ninka...the man". "Ninku" waxa uu dareemayaa cildo iyo kelinnimo uu la gooniyoobayay oo u diiddan in ay dadkiisa isfahmaan oo uu dalkiisa ku noolaan karo. Wax buu tebayaa, baylah buu arkayaa, wax aan lala arkayn buu arkayaa, keli socod bulshada ka takooran buu u muuqdaa.

Waa in uu u adkaystaa cadaadiska kaga imanaya islaantiisa iyo xigtadiisa oo iyagu qaadan la' sababta uu uga qayb geli laayahay laaluusha iyo boobka dalka lagu hayo ee cid waliba u tafo xaydatay, ugu yaraan goobta uu ka shaqeeyo. "Ninku" nolosha wuu ka niyad-jabsan yahay, waxanu deggenaansho ka doonaa qof kale oo loogu yeedho " Macallinka..the teacher". " Macallinku" waa nin beri hore iskaga haajirey bulshada oo magan u noqday buugaagtiisa iyo aqalkiisa uu keligii degganyahay, waa nin dareemaya go'doon bulsho iyo kelinnimo, "Ninkuna" kaasuu miciin bidaa oo isaguna naf ka sii dayaa.

"Ninku" waxa uu qarqoon ku yahay musuqmaasuqa bulsho ee weliba uu dhex dabbaalanayo saaxiibkiisii ay waxbarashada isku fasalka ahaayeen, Mr. Koomson oo wasiir ka ah dawladda Nkruma, sida madaxda kale ee dawladdana wax walba halqafaya. Xaaska "Ninku"na kaas bay kamanaysaa oo ku dirqiyeysaa in ninkeedu la mid noqdo si uu u noqdo maalqabeen iyo nin dadku jecelyahay oo qiimo leh. Dabcan waxaba ceeb ah oo doqon ah ka aan wax xadin, wax boobin ee aan ka hantiyeysan xoolaha ummadda. "Macallinku" waxa uu "Ninka" kula taliyaa in uu iskaga tago islaantiisan qaylada badan si maskaxdiisu uga nasato halista uu damaceeda huguri ku keeni karo. "Ninka" waa lagu jeesjeesaa oo asxaabtiisa iyo xigtadiisuba waxa ay ku sheegaan nacas ka faa'iidaysan la' jagadan uu hayo. Isaguna waxa uu dadka u arkaa dad nolosha ku dhintay oo danaysi doqonniimo jar ka sii ridayo. Cadaadiska lagu saarayo "Ninka" inuu musuqa ka qaybgalo waa mid naftiisa gubaya, damiirkiisuna waxa uu ku leeyahay waa ceeb in wax la xado, sharaftaada iyo mabda'aaga ku faro adayg. Musuqu, waa mid bulshada dalkan ku baahsan oo haddii guddi baadhiseed la damco in la sameeyo, kuwii musuqu hoyga u ahaa ayaa ah kuwa soo magacaaba, dabcan guddiga ay soo magacaabaanna waa mid iyadu musuq ah, una warbixinaysa ciddii soo magacowday oo ehel u ah musuqa naftiisa.

Taasi waa ta adkaynaysa in lagu noolaado dal iyo qaarad dadku kamanayaan caddaankii gumaysan jiray iyo inay sidiisii u noolaadaan. Dhab ahaan, buu leeyahay qoraagu reer Ghana nacayb uma hayaan gumaysigii caddaa, mana rabaan inay dhaqankiisii beddelaan balse kalgacal baabay u hayaan, in ay iyagu iskood xal ay leeyihiin u raadiyaanna ma rabaan.

Buuggu wuxu ku soo beegmayaa xilli ididiilo iyo rajo fiican laga qabay dawladihii madaxbannaanida qaatay ee Afrika, lixdanaadkii, isbeddel nololeed oo wanaagsanna la filayey, hase ahaatee waxa muuqda durba quus iyo in aan bidhaan waanaagsani soo muuqan, rajaduna sii libdhayso.

Ugu dambayn, dalka Ghana, nidaamkii musuqu wuu dumayaa marka afgembi millateri ku habsado, "Ninkii" iyo intii la dareen ahayd baa u muuqata in ay guulaysteen. Koomson-kii la kamanayey ee "Ninka" islaantiisa u tusaalaha ahaa, waxa uu isaga oo naf-la-caari ah soo magan gelayaa cariishkii yaraa ee "Ninka" islaantiisa hoyga u ahaa. Inta ay tuumbo (beeb) weyn oo xashiishka badda ku darta ku sii tahriibiyaan, buu doonni yar ku fakanayaa, kuna gelayaa dalka deriska la ah ee Ivory Coast.
Buuggu wuxu ku gebageboobayaa afgembigaa milleteri oo xaaladda ka sii daray weliba boobkii waxa ay ku dareen dil iyo xadhig, laakiin "Ninku" ma taageerayo sida saaxiibadiisii kale ee durba la dhacay ee isku daadraaciyey isbeddelka millaterigu keenay. Ugu dambayn ninku wuxu garowsanayaa in aanu warcelin u heli karayn shakigiisa iyo weydiimihiisa siyaasadeed iyo jiraalba. Xataa macallinku ma furfuri karo halxidhaalihiisa dhakhafaarka ku riday ee maskaxdiisa wareeriyey. Sidaasi waa sida noloshu tahay. Isaga oo taa maskaxda ku haya ayuu gurigiisii u dheelmanayaa . Inta uu jidka ku sii jiro

wuxu la kulmayaa gaadhi weyn oo dirawalkiisu daaqadda ka salaamayo, xagga dambe ee gaadhigana wuxu ka milicsanayaa qoraal ku yaal oo ah: *The Beautyful ones are not yet born'.*

Dad badani in ay wax xadi waayaan maaha in ay xatooyada qalad u arkaan, waase in ay ka baqayaan in ay wax xadaan fulayno darteed. Markase bulshadu isku ammaanto, isku taageerto, ceeb aanay u arag xatooyada, qofka ka fogaadana la caayo oo loo arko nin isgabay, sidee arrintu noqonaysaa? Ciwaanka magaca buugga ee af Ingiriisiga higgaadu way qaldan tahay, " *The Beautyful Ones Are Not Yet Born",* mase aha mid la ilduufay.

XANSHASHAQ: SIDEE DADKU WAX U XADAA? XASAN C. MADAR

"Ma waxad u malaynaysaa in qufulku gurigaaga ka difaaco tuugta? Kama ilaaliyo, wuxuse ka ilaaliyaa in dadka caadiga ahi ku xadaan?" Sidaa waxa yidhi nin ka mid ah ragga fura albaabada furayaashu ka lumaan oo la hadlayey nin uu albaab u soo furayey.

Ereyadaasi waxa ay i xasuusiyeen xilli hadda labaataneeyo sano ka soo wareegtay aniga oo joogay dal basaska si cidhiidhi ah lagu fuuli jiray oo nooca tuugada jeeb-siibku ku badnayd, markaas oo wiil aannu saaxiibbo ahayn igu yidhi, ma ogtahay in dadka dalkani wada tuug yihiin oo xataa ka labbisan ee suudhka xidhani ku xadayo/ku jeeb-siibayo hadduu fursad kaa helo baska dhexdiisa ama meel cidhiidhi ah? Berigaa waan la yaabbanaa doodda saaxiibkay ee sida dad dhan oo dal ku wada nooli tuug u wada noqon karaan, markan dambese waxa ii baxday in tilmaanta saaxibkay bixiyey aanay dadka dalkaa gooni ku ahayn balse ay tahay wax aadamuhu meel kasta ha joogee ka siman yahay ayse ku kala duwan yihiin dabarrada xidhaya. Waxa ii baxday in xatooyadu tahay wax aadamaha ku abuuran oo hanqalka ula soo kacda kolba sida ay u hesho fursad kicin karta. Arrintaa waxa ii sii iftiimiyey cilmi-baadhis uu sameeyey qoraaga iyo macallinka Dan Ariely oo wax ka dhiga jaamacadda Duke University oo buuggiisa, "The (Honest) Truth About Dishonesty" ku soo qaatay dhacdo uu uga sheekeeyey mid ka mid ah ardaydiisa oo furihii aqalka ku dhex illaaway oo iskaga xidhay. Ardayga oo tilmaan ka bixinayey sida aadamuhu wax u xado waxa uu yidhi:

"Waxa aan u yeedhay farsamo-yaqaan khibrad u leh furista albaabada iyaga oo xidhan furayaashu ka lumaan. Waxan la yaabay sida dhaqsaha ah ee fudud ee uu ninkani albaabka u furay. Markii aan weydiiyey waxa uu yidhi 'waxa qufullada aqallada loogu xidhaa uun in dadka aamminka ah ay ka ilaaliyaan in ay wax ka xadaan guryaha. Boqolkiiba hal (1%) keliya dadka ayaa aammin ah oo aan weligii wax xadin, boqolkiiba halna (1%) aammin ma aha oo mar walba waxa uu isku dayaa inuu wax xado ama jabsado aqallo iyo meheredo. Inta soo hadhayna waa aamin ilaa ay arkaan wax dagan ama ay soo hormaraan wax ku soo jiida inay wax xadaan. Qufulladu kaama ilaaliyaan tuugta oo hadday rabaan mar kasta gurigaaga si fudud u jabsan kara, waxase ay kaa difaacaan dadka aamminka ah oo haddii albaabkaagu furan yahay isku deyi kara in ay wax kaa xadaan. Waxa markaa aan ogaaday in 98% dadku ay wax xadaan hadday fursad dagan helaan, balse xasuusin kooban oo la xasuusiyo ama iyaguba xasuustaan ciqaabta ay la kulmi karaan diin ahaan, qaanuun ahaan, dhaqan ahaan ama sharaf ahaan baa badbaadin karta."

Bal adiga qudhaadu dib ugu noqo noloshaada, ma isleedahay weligaa wax waad xadday? Haba ahaado xabbad qalin ah oo aad meel ka qaadatay oggolaansho la'aan ama xabbad nacnac ah ama jab rooti ah, ha yaraado, ha badnaadee kol ay tahay in aad gurigiinna wax ka xadday adiga oo yar.

Inta aynaan hoos u sii degin bal aan raaciyo weydiin la hordhigay laba saaxiib oo ahayd: In tuug keli ahi maalin walba ku xado iyo in maalin walba tuug cusubi ku xado midkee la qaatay? Saaxiibkii koowaad waxa uu kaga warceliyey: *Dee maalinba mid cusub oo aanad iska filayn. In mid keli ahi ku macmiishaa waxay tusaale u tahay doqoniimadaada iyo in god keliya marar badan lagugu qaniini karo. Laakiin dad kala duwani Waa dad xirfado iyo farsamooyin kala duwan la imanaya oo marnaba hoos uma dhigayso dadaalkaaga aad kaga hor tegeyso inay mar dambe dhacdo.*

Saaxiibkii labaadna waxa uu ka yidhi isaga oo sababaynaya: *kollayba sow maalin walba ma xadni, ka cusubi waxba ka tegi maayo oo sidii oo aanu dib ugu soo noqonayn buu wax walba xaalufinayaa...ka og inuu i macmiishay, ugu yaraan wuxuu ka tegayaa wax, oo uu is-odhanayaa berri u soo noqo.*

Hadda labada saaxiib midkoodna si cad uma diidin in la xado.

Xatooyo marka laga hadlayo ma aha uun mid adduun weyn lagula fuqi karto balse waxa ay noqon kartaa mid aan qofku uba haysan in uu wax xadayo. Ka soo qaad in saaxiibkaa xafiiskaaga kuugu yimid oo uu la kulmay hal doollar oo miiskaaga saaran. Waxa ay u badan tahay in aanu qaadan halkaa doollar maxaa yeelay waxa uu isku arkayaa in uu wax xaday. Haddana ka soo qaad isla saaxiibkaa in uu arkay qalimaan miiskaaga saaran oo hal doollar la qiimo ah, waxa suutogal ah in uu qaato isaga oo aan isku haysan in uu wax xaday ama sidoo kale tallaagadda kala baxo daasad sharaab ah iyo in buskud ah isaga oo aan ku weydiisan sidaana ku isticmaalo isaga oo aan dhaaddanayn in uu wax xaday. Adiga qudhaadu ma laga yaabaa in aad xafiiskaaga ka qaadato qalimaan, buugaag iyo alaabo yaryar oo aad gurigaaga la tagto ama dad ku soo booqday siiso adiga oo aan fasax u haysan? In lacag la qaato haba tiro yaraatee waxa loo haystaa in wux la xaday in se la qaato oo lagu faro laabo shay aan lacag ahayn se qiimo lacageed leh waxa laga yaabaa in aan loo haysan in wax la xadayo. Haddii markaa waxyaabaha yaryar ee aan lacagta ahayn se qiimo lacageed leh la caadaysto qaadashadeeda oo qofka qaadanaya iyo ka laga qaadanayo aan midna u haysan in wax la xaday sidee xaal noqonayaa? Ma laga yaabaa in ay la taraarto oo wadiiqada yari waddada weyn ku darto? Dhab ahaan marnaba meesha ma taal ku talogal in wax la xado, dadka ayaase iska jecel waxyaabaha lacag la'aanta ama bilaashka ah. Way iska jirtaa in la isla oggol yahay, iyaga oo aan meelna kaga shirin, in waxyaabaha yaryar ee qalimaanta iyo waraaquhu ka mid yihiin aan kala qaadashadooda loo aqoonsan tuugo.

Sideedaba tuugnimadu waxa ay ka mid tahay sifooyinka taban ee aadamaha ku abuuran sida beenta, khiyaamada, xoolo-cir-doonnimada, iwm oo qofka ku dhex kora haddii aanu la iman wixii iyo awoodihii uu ku caabbiyi lahaa. Haddii la xakamayn waayo xatooyada waxyaabaha yaryar waxa ay ku gaadhsiin karaan xatooyo xoolo mug weyn sida ninkii tuugsanayey/dawarsanayey ee markii adduun badan loo aruuriyey haddana kolba is arka isaga oo weli tuugsanaya. Waxa ay noqotaa waxa loo yaqaan baabad ama balwad aanu qofku si fudud u deyn karin.

Sifooyinka taban qofka waxa ay ula kacaan dhinaca shaydaannimada, sifooyinka toganna dhinaca darajada malaa'igta ee dhowrsanaanta, aadamiguna waa mid labadaa ka dhexeeya, kolba sifada la kobciyo ayaana kobocda.

 Dadku qof qof iyo bulsho ahaanba wax way u xadaan. Tuuggu qof ahaan waa laga yaabaa in uu guri jabsado se qayb dhan oo bulsho ka mid ahi waxa dhacda in ay xadaan waxyaabo la wada leeyahay sida cashuurta oo ay khiyaameeyaan iyo dakhligooda oo ay ka been sheegaan. Kuwa wax xadayaa kuwii masuuliyadda hawsha lahaa iyo kuwo aan lahaynba way noqon karaan. Hal tusaale oo ka mid ah xatooyada aan lala kala gabban waxa weeye: Cashuurta kala-wareejinta iyo kala iibsiga gaadiidka, dhulka iyo guryaha. Waxa hoos loo dhigaa qiimihii wax la kala siistay si cashuurta dawladda u xeroonaysa ee adeegga dadweynaha geli lahayd u yaraato. Arrimahaasi kuwo lala kala gabbado ma aha oo wadaad iyo waranle waa khiyaamo la isla oggol yahay, masuuliyadda koowaad haba yeelato ciddii xilku saarnaa ee ku mushaar qaadanaysaye. Kaasi waa tusaale caddaynaya in dadka badankiisu ay wax xadaan haddii fursadi soo marto iyaga oo aan caadiyan tuug ahayn.

Qaybaha nolosha aadamaha oo dhan tuugadu way gashaa. Tusaale ahaan xagga waxbarashada way gashaa. Imtixaanka la xado ee qishka loo yaqaan, mindhaa ereyga qish baa kala macno fudud tuugo/xatooyo'e waxa dhacda in qofku isaga oo aan sidii loo baahnaa iyo si u dhow toona wax u baran uu imtixaan walba derejo sare ku gudbo kadib marka imtixaanka uu xado ama qisho. Dhibka tuugada imtixaanka ama qishka ku baasay waxa weeye in arrintaasi tahay mid ka go'an bulshada iyo nidaamka dawladeed. Bal malee khasaaraha uu geysan karo arday dhakhtarnimo ku soo qalinjebiyey inuu qisho ama imtixaannada xado isaga oo aan wax hagaagsan baran dabeeto sidaa ku shaqo tegay oo ku noqday mid dadka daweeya ama gala qalliinnada culus. Bal qiyaas waxa laga filan karo mid isna maamulka baranayey oo oo qish ku qalinjebiyey kadibna laga doonayo in uu ummad dhan maamulkeeda saxo oo dawladnimo dhiso sidaana ku fadhiistay xafiis ummadda u adeega ama noqday mid qaanuunka bartay. Bal fiiri injineer dhisme oo aan dhismihii aqallada si fiican u baran imtixaankase si fiican u baasay sow ma imanayso in uu dadka guryaha ku dumiyo?

Marka aad sidaa tahay waxa hubaal ah in casharradii ku dhaafay fooge madhan noloshaada kaga tegeen qishkiina aanu waxba ka tari karin waxqabadkaaga nololeed, jeer dambena kugu soo bixi doono, dhaawac iyo khasaarena aad u geysan karto naftaada iyo nolosha dadkaaga iyo dalkaaga.

Sidaas baa tuugadu marka dambe u gaadhaa derejada iimaan la'aanta iyo in qofka waxbaba deeqi waayaan. Waxa la yidhaa qofkaasi waxaa wuu ku mamay, marka dambena dadku magacyo ay ku xalaalaystaan bay ula baxaan sida: dhacdhac, lufluf, hawl-fududeyn, iwm. Meeshu mushaar badan ma lahee dhacdhac ma leedahay ama dhacdhac iyo mushaar midna ma leh ayaa la odhan jirey beryo qaar. Tuugadu waa dhaqan xumo maamul oo bulshooyinka baabi'sa, binu'aadamkuna haddii la waabin waayo xadhkaha ayuu goostaa, xaydaabka xurmada iyo sharafta aadaminimo ayuu dhaafaa, xerada bahalaha iyo dugaagga ayuu galaa, aakhirkana arrini waxa ay ku dambaysaa in bulsho dhammi isla oggolaato oo aanay ceebsan tuugada iyada oo magacyo kala duwan ula baxda sida, dhacdhac, dillaal, shixaad, iwm.

Maxamed Xaaji Ibraahim Cigaal, isaga oo madaxweyne ah waxa uu arrintaa ka yidhi,

"Saddexdii sano ee aan joogay waxannu nidhi dadka ilaha dhaqaalaha ka shaqeeya mushaar dheeraad ah ha la siiyo si ay u badbaadiyaan ammaanada ay hayaan. Waxba tari weyday oo mushaarkii dheeraadka ahaana waa la qaatay amaanadiina waa lagu darsaday. Labaatan sano isbeddelka dadkeennii ku dhacay ma rumaysteen in uu boqol sano ku dhici karo."

Ciqaab sharci oo dadka la saaro keligeed kama daweyn karto dhaqanka tuugada. In badan baa dad loo diley ama loo xidhay xoolo ummadeed oo ay xadeen haseyeeshee dhaqan xumadii tuugadu kuma joogsan, waanu jiri doonaa intaa aadame jiro, waxase ka fudud oo ka waxtar badan in nidaam lagu xisaabtamo la helo iyada oo ciqaabtu halkeedii ah, nolosha dadka la daryeelo, laguna abuuro dhaqan diin, Alle ka cabsi, sharaf dhowrasho, dal jacayl, iyo eedow qofka wax xadaa bulshada ku dhex eedoobo iyada oo beegsigu yahay boqolkiiba siddeed iyo sagaashanka (98%) hagaagi kara haddii baraarujinta iyo wacyi gelinta aan lagala daalin. Intaba halka ugu fudud ee laga bilaabi karaa waa barbaarinta ubadka yaryar si loo helo bulsho caafimaad qabta, balse weydiintu waxa ay noqon kartaa yaa samaynaya barbaarinta jaadkaas ah haddii intii waaweyneyd ee hoggaan qoys, mid dhaqan, siyaasadeed iyo dawladeedba gacanta ku hayey aanay qudhoodu helin barbaarintii loo baahnaa?